KB251384

내 생각과 글의
종착역은?

이태식 글

내 생각과 글의 종착은?

펴 낸 날　2026년 3월 16일

지 은 이　이태식
펴 낸 이　이기성
기획편집　권희연, 최인용, 이서은
표지디자인　권희연
책임마케팅　이수영, 김정훈
펴 낸 곳　도서출판 생각나눔
출판등록　제 2018-000288호
주　　소　경기도 고양시 덕양구 청초로 66, 덕은리버워크 B동 1708, 1709호
전　　화　02-325-5100
팩　　스　02-325-5101
이 메 일　bookmain@think-book.com

• 책값은 표지 뒷면에 표기되어 있습니다.
　ISBN　　979-11-7048-996-2(03810)

내 생각과 글의 종착역은?

이태식 글

생각나눔

목 차

죽으면 끝이다

인간에게도 내세(來世)는 없다.
죽으면 그것으로 끝이다.
그냥 썩어 흙이 되거나 재가 되어 공중에 날리는 것이다.
어떤 학자는 종교가 인간의 불안한 마음을 이용해
내세 통행료(Toll)를 걷는 것이라고 주장한다.

현세(現世)에서 잘해 천당이나 극락에 가는 게 아니다.
동물이 죽어 그 시체가 나뒹구는 주변을 보면 알 수 있다.
거기에 어디 동물의 영혼이 있던가.
인간도 동물이기에 영혼은 없다.

나는 육십 가까이 살았어도 영혼, 귀신을 솔직히
한 번도 본 적이 없다.
나만 그런가?
하여간 그래서 나는 없다고 본다.
죽으면 동물처럼 그냥 죽는 것이다.
내가 태어나기 이전과 같이 그냥 없어지는 것이다.
이 세상에서 영원히 꺼져 없어져 무화(無化)되는 것이다.

인간도 한낱 동물에 불과하다.
인간 이전에 동물이다.
인간만이 정신이 있어 현세의 고통을 좀 잊어볼까,
있지도 않은 사후의 세계를 만들어 좀
위안 삼으려는 것뿐이다.

차라리 꿈이라면

그런 일이 있으면 안 되겠지만,
너무나 소원했던 게 안 이루어져-이를테면
시험에 낙방-그게 도저히 믿기지 않고
용납이 안 될 때 우리에게 꿈속에서라도 현실과 반대되는 게
이루어지기도 한다.
꿈에선 서울교통공사 시험에 최종 합격한 것이다.
그걸 너무나 바랐기 때문에 꿈속에서라도
소원을 이룬 것이다.
꿈에서 깨어났는데도 아직 한동안은 꿈을 이룬 상태가
어느 정도 지속되기도 한다.
그러나 꿈에서 깨어나 제대로 현실을 직시하는 순간,
그 불행은 여지없이 나를 엄습한다.
그걸 맞기 너무 힘들어 몸부림친다.
그런 현실을 통과하기가 너무 싫고 괴롭다.
그럴 바엔 차라리 꿈에서 안 깨어나길 바라기도 한다.

가자지구에서 매일 이어지는 전쟁의 포화(砲火) 속에
지속해서 노출되면 마치 자신이 죽은 것처럼
애들이 전혀 움직이지 않는다고 한다.

"나는 지금 꿈속이야."라고 생각해 버린다는 것이다.

공포에 휩싸인 전쟁 현실을 받아들이기 싫은 것이다.

현실을 대면하기가 두려워 현실로부터 도망치는 것이다.

차라리 그래야 살아남는다고 한다.

현실을 외면하고 인정하지 않는 것이다.

현실이 너무 싫어 자신은

잠자는 것처럼 전혀 안 움직인다고 한다.

가수면(假睡眠) 상태로 들어가는 것이다.

아마 김하늘 어린이의 부모도 그런 걸 겪으며

그 상황을 반복해 맞닥뜨리는 게 몸서리쳐질 것이다.

설핏 잠이 든 듯하다 깰 적마다,

"아, 그렇지. 이젠 하늘이는 이 세상에 없지."

"그러나, 하늘이가 없는 현실을 받아들일 수 없어."

그 사실을 깨닫는 순간 매일 지옥도(地獄道)가 펼쳐진다.

누구나 겪지 않으면 남을 이해하기가 쉽지 않다.

차라리 이런 거라도 있어야 우린 좀 공감한다.

자기 자식이 초등학교에 들어가면 초등학생만 보이고,

커서 군대 가면 군인들만 보이게 마련이다.

그때 어떤 사고가 발생하고 그 사고가 자기 자식과 같은

또래면 도저히 남 일 같지 않은 것이다.

마치 자신에게 일어난 일처럼 생각되는 것이다.

그러니 우린 하다못해 시험 탈락이라는,
자신의 어려웠을 때를 다시 상기하며 지금 불행에 처한
사람들의 심경(心境)에 조금이라도 다가가 보는 건 어떨까.

쓰고 싶은 글

사회적 이목 때문에 양다리 걸치는 글이 많은데,
그런 양념이 아니라 중간에 진짜 작가가 하고 싶은
얘기를 듣는 게 훨씬 낫다고 본다.

너무 나간다 싶으면 현실과 타협하고자
이상적인 이념 같은 걸 양념으로 집어넣는다.
욕 안 먹으려고 양념으로 넣는 것은
그냥 하는 소리에 불과하다.

이 작가만의 소릴 듣고자 책을 펴 들었는데,
흔한 작가들이 하는 소리를 여기서도 되풀이해서
들으면 실망하고 짜증만 날 뿐이다.
자기에 대한 근거 없는 나르시시즘(Narcissism)을
갖고 마구 써대는 글이 실은 좋은 글일 수 있다.

이런 게 작가의 초기 작품은, 그냥 아무것도
안 재고 써 재끼는 것에서 날 것 그대로의 소릴 하는데,
그래서 이때가 명작이 더 많고, 나이 들어선
지도층에 가 있는 경우가 많아 파격적인 내용을 쓰더라도

그런 게 아니라 하면서 교훈적으로
허겁지겁 마무리하는 경우가 많다.
이런 건, 쓰고 싶어 쓴 글이 아니라
써야 해서 쓴 글일 뿐이다.

솔직한 글이 가장 좋은 글인데

글이나 말과 진짜 인간의 생각이 다를 수 있기 때문에
생각과 글과 말을 일치시키기 위해
자기 생각을 솔직하게 쓰도록 노력해야 한다.

글을 아낀다면 글만 보고 그 작가의 생각을
같이 생각할 우려가 있기 때문이다.
그 사람의 생각뿐 아니라 그 사람의 인격까지도
그 글과 같은 수준으로 왜곡해 볼 수 있는 위험이 있다.
거기다가 직접 체험보다도 글을 통한 간접 경험에
사람은 더 큰 영향을 받기도 하기 때문이다.
그러므로 그 글이 아무리 품위와 조리에 있어
훌륭하다고 해도 솔직한 글보다는 더 나을 수 없다.
조악(粗惡)하고 거친 글이라도 솔직한 글이
더 훌륭한 글이랄 수 있다.

그래서 가능하면 작가는―글을 진정 아낀다면―
솔직하게 생각을 적어야 한다는 것이다.
그래야만 진짜 작가라고 할 수 있다.
그렇더라도 생각을 그대로 글로 표현하는 건

거의 불가능에 가깝기에 그것들이 일치하기는 쉽지 않다.
"글은 곧 그 사람이다."가 아니다.
그래서 아예 선가(禪家)에선
불립문자(不立文字)가 나온 것이다.
실상이 이럴진대 경전(經典)의 자구(字句) 하나하나에만
집착하여 엉뚱한 광신적(Fanatical) 신조로 발전하는
근본주의적 신앙은 참으로 어리석기 짝이 없다 할 수 있다.

생각을 글자로 정확하고 적절히 표현하긴 어렵지만
또한, 글자 없이는 살아갈 수 없기에 가능한 한계 내에서라도
솔직, 정직하게 표현하도록 노력해야 할 것이다.
생각을 글자로 표현하기도 힘든데
솔직하지도 않으면 그 글을 누가 믿겠나.

살아남은 글

인간의 근저에 엄연히 존재하는 무의식을 꺼내
시원하게 창조적으로 건드린 글이
현재까지 살아남아 명작으로 칭송받는다.
시대나 장소에 구애(拘碍)받지 않고 인간이라면 갖는
보편적 감정과 본능을 다룬 글이 그런 것이다.

살아남아 지금에 이른 글들을 보면 다 그렇다.
한때 한 지역을 휩쓴 글은 그 생명이 짧다.
망상과 환상을 통해 인간의 잠재의식을 실현해
현재의 고달픔을 대리 충족하고, 이런 현실적 문제들에서
잠시나마 도피해 자신의 이상을, 그 가상(假想)에서
펼쳐 보이는 글들 말이다.

가볍게 때론 무겁게

세상을,
가벼운 것과 무거운 것이 서로 교차하며
살아가야 한다는 것이 내 강력한 생각이다.

나는 직장이, 인생이 그렇게 무겁지 않은 것 같다.
그러나 글을 쓸 때는 무겁다.
뭔가 진지하고 심각하다.
그래 매일 고맙다고 책에 절을 세 번씩 한다.

아마도 내가 쓰는 글에 대해-내 책 단 한 줄도
안 읽은 주제에- 뭔지 X도 모르면서
난도질해 대는 인간이 있으면 나는 그 새끼를 그 자리에서
좌고우면(左顧右眄) 없이 목을
면도칼로 그어버릴지도 모른다.

이렇게 나는 현실과 인생, 직장이 가볍고 그래야
심각하지 않게 굴러가고, 즉 충격을 덜 받는다고 보는 것이다.
너무 믿지 않는 것이다.
무겁고 너무 진지하게 접근했다가는 다 망하는 수가 있다.

바로 내가 마음대로 어떻게 해볼 수 없는 것이라
너무 희망과 기대가 크면 좌절을 떠나 생에
무슨 짓을 할지도 모른다.
그게 당연한데도, 사회는
내 너무나도 중요한 생각이 전혀 안 먹힌다.
화가 치밀어 가만히 앉아서 죽지 않겠다는
중대한 결심을 할 수도 있다.
나만 당할 수 없다는 심보다.
세상에 대해 복수하겠다는 다짐을 한다.
그래서 엉뚱한 곳에 화풀이할 수도 있다.
내 노력이나 능력으로 어떻게 안 되는 게 세상이고
현실이고 직장이다.
이걸 알아야 한다.

그러나 이런 현실에 비해 이상으로의 책은 내가 노력하고
꾸준히 하면 반드시 좋은 결과가 따른다.
한 것에 비례해 성과가 따라오는 것이다.
가장 정직하고 순수하고 솔직하다.
농사짓는 것이나 운동하는 것과 같다고 보는 것이다.
콩 심은 데 콩 나고, 팥 심은 데 팥 나는 것이다.
배신하지 않고 결과가 반드시 오기 때문에 나는
현실인 세상을 가볍게, 이상인 책을 무겁게 생각하고
내 남은 생을, 오늘도 이렇게 꾸려나가는 것이다.

공부를 많이 하면

여기서 말하는 공부는 의무적인 게 아니라
자기가 좋아서 하는, 진짜 공부를 말한다.
공부 자체가 좋아서 하는 것이다.
즉, 공부를 즐긴다.
그는 공부할 때, 가장 행복하다.

그러니 당연히 그건, 다른 것에 우선한다.
다른 건 다 그걸 위해 존재한다.
결과적으론 모두 이 세상을 잘살아가게 하는 것들이다.
공부를 많이 하게 되면 적게 먹는다.
많이 먹으면 머리가 안 돌아가 공부에
지장을 주기 때문이다.

지상과제(至上課題)인 공부가 잘되게 해야 해서
규칙적인 생활을 하고 운동을 꾸준히 한다.
공부를 위해 소식하고 규칙적으로 생활하고
자기 절제와 무리하지 않고 잠을 푹 자니
당연히 그의 수명도 길어진다.
부수적으로 사회적 성취가 따라오고,

남에게도 뭐가 됐든 도움을 줄 수밖에 없다.

나도 이런 사람이 되고 싶고,
남도 이런 사람은 언제나 반긴다.
그러니, 누가 공부하는 사람을 마다하랴.

원래 안 고쳐지는 것이다

요즘 부쩍 곧잘,
'사람은 고쳐 쓰는 게 아니다.'라는 말을 자주 하는데,
그건 이제 발견된 게 아니라
원래부터 인간이 갖고 있는 아이덴티티(Identity)다.

상대의 입맛대로 고쳐지는 게 아닌, 사람 고유의
기질이 있는 법인데, 이건 원래부터 사람이 갖고 태어난
고쳐지지 않는 성정(性情)이다.
고쳐질 수 있는 성질의 것이 아니다.
마치 이제 발견한 것처럼 말하는데 그게 아니다.
그게 가능하면, 사회의 가장 안 좋은 형태인
다원성(多元性)이 사라지고 획일화(劃一化)만 득세할 뿐이다.

자기들이 뭔데, 사람을 감히 고쳐 쓰려고 한,
오만방자한 생각을 가졌었다는 건데
거꾸로 자기들은 남에게 고쳐지나?
그런 생각을 한 것 자체가 불순(不純)하다.
그건 독재자(Strongman)나 품는 생각이다.
이런 생각은 독서량이 방대하고 늘 뭔가 사유(思惟)하는

우유부단한 사람보단 뚜렷한
신념 덩어리로 똘똘 뭉친 사람들이 잘 품는다.
이런 사람들이 자기 뜻대로-여의찮으면 세뇌해서라도-
사람을 고쳐 쓸 수 있다고 생각한다.
그들은 자기 생각만이 최선이라고 생각한다.
그건, 자기 생각대로 사람을
조종하겠다는 도그마(Dogma)에 지나지 않는다.

각자 자기 인생이 있는데 누가 누굴 고치나?
자기 인생 살게, 남을 그냥 내버려둬라.
남의 인생에 끼어드는 훈수나 괜한 오지랖은 사양한다.
자기가 그의 인생 전부를 책임질 것도 아니지 않은가?
그러다가 잘못되면 "아니면 말고." 하며
나 몰라라 할 것 아닌가.
그 결과 일부 연예인이 아까운 목숨을 끊기도 했다.
그게 뭐라고? 그럴 필요 없다.
여기서 "너나 잘하세요." 자세가 꼭 필요하다.
자기 인생은 남의 말에 좌우될 만큼 그렇게 가볍지 않다.

요컨대, 서로 맞는 사람끼리 살고 아니라면
서로 절충하며 사는 것이다.
그럴 수도 없지만, 상대를 고치려고 하지 말고 타협하고
서로 양보하며 상대를 진심으로 위한다면 희생도 좀 하고

포기할 건 포기하며, 받아들이고 상대를 있는 그대로 존중하며
사는 자세가 필요하다.
그래야 전쟁이 종식되고 평화가 찾아온다.
MBTI로 나와 맞는 사람을 찾는 게 맞지,
고쳐 쓰는 게 아니다.
자기 마음대로 상대를 고쳐보겠다는 생각과 시도는
원래부터 잘못된 것이고, 오만(傲慢)의 소치(所致)며
그 저의를 의심하지 않을 수 없다.

나는 책 선물은 안 한다

나는 약간 책에 미친 인간이지만
남에게 절대 책 선물은 안 한다.
그러면 대개는 별로 고맙게 생각하지 않기 때문이다.
내가 이렇게 귀하게 여기는 책을 감히 소중히
여기지 않는다는 게 내 딴에는 억울하기 짝이 없기 때문이다.
이건 딸바보 아빠가 자기 딸을 소중히 하지 않는
딸 남친을 대하는 심정하고 비슷하다.
그러니 아무에게나 함부로 줄 수는 없다.
"자기가 필요하면 알아서 보겠지." 하는 것이다.
그러나 내 책은 의무적으로 그냥
라면 냄비 받침으로 쓰라고 주기는 한다.

각자 자기 취향이 다 다르고 그때 그가 처한 상황이
어떤지 모르기 때문이다.
그는 한가하게 책이나 읽을 상황이 아닐 수도 있기 때문이다.
이럴 때 소중한 책을 그에게 넘기는 것 자체가 싫다.
나도 남에게서 책 선물을 받았는데 제대로 읽은 게 없다.
아마 이 이유가 가장 클 것이다.

상대가 책 읽고 싶을 때 맞춰 선물하는 경우는
거의 없고 자기가 정작 책을 읽고 싶으면
스스로 사거나 빌려 읽기 때문이다.
그 타이밍이 맞는 경우는 거의 없다.
"그럼, 지금까지 읽은 책 중 가장 인상 깊었던 건 뭡니까?"
할 때나 겨우 얘기해주는 편이다.

인간은 감정이 없는 물건을 더 좋아해

인간은 물건이나 동물처럼 감정이 없는 것을 더 좋아한다.
이게 페티시즘(Fetishism)의 원조다.
인간은 감정이 있어 마음이 변해 어찌 될지 모르고 간사하다.
예측하기 어렵고 자기 맘대로 안 된다.

그래서 '머리 검은 짐승은 거두는 게 아니다.'라는 말이
생긴 건지도 모른다.
왜? 은공(恩功)을 모르고 배신할 수 있기 때문이다.
언젠가는 항상 배은망덕한 짓을 저지를 수 있다.

인간은 그리고 어려움은 같이하지만, 전리품(戰利品)은 혼자
독차지하려고 한다.
그래서 지혜로운 사람은 전쟁이 끝나
개국공신(開國功臣)으로서 어느 정도 받았다고
생각되면 미친 것처럼 일부러 바보짓을 해서
개죽음을 면하고, 낙향(落鄕)한 은자(隱者)로
'나는 자연인이다.'가 되어 유유자적(悠悠自適)한 삶을 선택한다.

인간이 사는 세상에서 인간은 믿기 어려우니

받으면 반드시 보답하는 개나 책 속으로
들어가는 게 나을 수도 있다.
변화무쌍한 인간 때문에 현실에서 이상을
이루기가 쉽지 않다.
글쓰기라는 지상(紙上)의 공간에서 이상을 대신 이뤄
현실 세계의 시름을 잊는 게 훨씬 쉬울 수 있다.

지금은 그것도 사라졌지만 얼마 전까지만 해도
뭔가 개념 있어 보이려고-아니면 실제 그를 기려-
티셔츠에 프린트해서 다니던,
20세기 마지막 낭만적인 혁명가(Rebel)이자
아나키스트인 체 게바라도 이렇게 말하지 않았나?
"우리 모두 현실주의자가 되자,
그러나 가슴에 불가능한 꿈을 꾸자."라고.

써야 자기 것이 된다

사람들이 쓰는 것의 중요성을 모른다.
그걸 가장 잘 아는 작가(Author)들도 안 가르쳐 주고
욕심부리며 자기만 독점한다.
자기만의 영업 비밀이기 때문이다.

평범한 삶이 기록됨으로써
그걸 넘어서 각별하고 고유하게 된다.
그저 그런 삶에서 자기만의 삶을 표현하기 때문이다.
그게 가능한 건, 남은 나를 겉으로만—심지어 곡해(曲解)까지—
제대로 안 보지만 나는 내 전부를 알기 때문이다.
나만이 나를, 밝히기 싫은 과거와 꿈에서만 보이는
내 심연(深淵)까지 알기 때문이다.
그걸 표현하는 것도 나만이 할 수 있고.

써야 자기 것이 된다.
듣거나 보거나 말하기만 하면 절대 자기 것이 안 된다.
어떤 것이라도 그게 자기 몸을 통과, 체화(體化)해야만
진정 자기 것이 되는 것이다.
쓰면 잊었다가도 나중에 다른 글을 쓸 때

그게 다시 내 앞에 등장한다.

작가가 써놓은 원고(原稿)가, 잃어버렸다거나 하인이 모르고
태웠어도 다시, 아니 더 좋은 글로 탄생할 수 있는 건
이미 전에 쓴 이력(履歷)이 있어 자기 것이 되었기 때문이다.
생각이나 구상(構想)만으론 그게 안 된다.

책에 대한 내 마음

나는 책에 대해 이 세 가지를 가지고 있다.

일단은 내 팔자가 책에 맞는 것 같다.
그건 혼자 있기 좋아하고 그 누구에게도 상처를 주기
싫어하고 그가 그것으로 괴로워하면
나는 더 괴로워하는 것 같다.
남을 가능한 한 편하게 하면서
그의 말을 가만히 듣기를 즐긴다.
그래야만 그가 마음이 편해져
자기 속을 터놓을 수 있다는 소신이 있다.
그리고 자기 숨은 기운(氣運)을 펴도록 나는 가만히
그를 참고 기다리며 지켜본다.
다 필요 없고, 이것이 남을 대하는
최고의 배려라고 나는 굳게 믿어왔다.
남에게 안 좋은 영향을 주는 것 같으면 내가 더 괴로워
그렇게 못한다.
그런 게 모두 얽혀 내 독서를 방해할 것 같은 두려움으로
나는 책을 대한다.
책은 내 팔자이며, 동반자라고 생각한다.

그리고 내가 이렇게 지금까지 버텨온 것은 책이라고
생각해 매일 책에 세 번 감사하다며 절을 한다.
그냥 형식적으로 하는 거지만 그나마도 그렇게 뭔가
의식(儀式)을 갖춰서 하는 것은
내 마음의 한 표시라고 생각해 매일 지금 읽는
책에 절을 올린다.
지금까지 고맙고 앞으로도 나를 더 버티게
해달라는 기도다.

그리고 인간 세상에서, 사회생활을 하면서
나는 스트레스가 쌓여 화가 날 때가 많다.
평정심을 잃는 것이다. 이런 내가 마치 내가 아닌 것 같을 때
나는 그 시간을 견디지 못한다.
나는 나로 살고 싶은 것이다, 편안하게.
그걸 잠재우는 게 독서다.
어디든 내가 틀어박혀 있을 곳을 찾아
내가 지금 읽는 책을 옆구리에 끼고 그리로 기어들어 가
10분 만이라고 그곳에서 책을 읽으면 흥분의 싫은,
지금의 상태에서 벗어나 평소의 평상심으로
돌아오게 되는 것이다.
책은 그것에 대한 은공이 크다. 나는 책에 귀의(歸依)한다.
내 평소의 모습으로 돌려주는 힘이 책이라 여겨
늘 책을 갖고 다닌다.

어떨 때는 지금 읽고 있는 게 아니라 다음에 읽을 책을
정하지 못하면 왠지 불안해진다.
그래서 이 책 말고 다음에 읽을 책을 얼른 정한다.
그래야만 마음이 놓인다.

팔자이고 동반자이기에 책에 빠지고,
버티게 해줘 고맙다며 매일 책에 절을 세 번 올리고
나를 평소대로 돌아가게 해주기에 책을 끼고 사는 게
책에 대한 나만의 특별한 소견(所見)이며, 특유의 모습이다.

내게 **책은**	• 내 팔자다. 그래 인생 동반자랄 수 있다.
	• 지금까지 나를 버티게 해줬다.
	• 나를 평상심으로 돌아오게 해준다.

작가의 지혜

글에서 작가는 성(性) 묘사만 나열하는 것에 욕을 먹으니까
심각한 사회문제를 겉으로 내세우기도 한다.

그러나 실은 성 문제만이 작가의 주된 관심사일 수도 있다.
그러나 그렇게만 끝나면 작가와 작품은
하류(下流) 취급을 받는다.

그런데도 솔직히 독자들은 이 성 문제 때문에
이 글을 읽는다고 할 수 있다.
실은 자기도 하고 싶었던 탈선(脫線)에 대한 호기심이다.
그 작품을 통해 대리 배설하는 것이다.
그래 작가는 독자에게도 흥미를 주고 고상한
문학평론가들에게도 점수를 따는 양다리 걸치기 전략을
지혜롭게 편 것이라 할 수 있다.

인간 사회는 그렇게 실은 고상하지 않아 뭔가
큰 기대를 하면 실패할 수도 있다.
저급(低級)과 고급(高級)을 혼합하는 것이다.
대개의 인간은 저급을 즐기면서도 고급으로 그걸 덮는다.
이런 심리가 인간 세상엔 만연하다.

그냥 넘어가도 좋은 글, 오해하면 안 되는 글

혼잡한 정크 푸드(Junk Food) 가게나 병원에서
직원들이 손님에게 의무적으로 전하는 말이 있다.

아마 직무 교육을 그렇게 받았고 업무 매뉴얼에 따라
그런 말을 마치 앵무새처럼 하는 것일 것이다.
대장내시경을 받을 때 의무적으로, 보험약관 설명에서
일방적으로 쏟아내는 말과 같은 그런 말들.

그런 말을 들으면 실은 그게
무슨 말인지 일일이 확인하는 게 피곤해서
자주 이용하는 사람들은 정확히 안 들려도
직원이 단지 매뉴얼로 하는, 중요하지 않은 말이려니 하고
그냥 흘려듣지만, 익숙하지 않은 곳에서
중요한 말일 수도 있다고 생각해
굳이 그게 무슨 말이지 되묻는 사람들이 있다.
그 사람은 흐름을 방해하는 사람이다.
옆에서 그들의 실랑이를 듣고 있으면 짜증이 나기도 한다.
이건 범법자에게 고지(告知)하는 미란다 원칙과는
또 다르기 때문이다.

굳이 들으라고 하는 소리가 아니라 안 하면 안 되니까
법에 저촉만 안 되려고 나중에 책임 안 지려고 하는 그런 말.

글도 작가가 자기 세계에 빠져 독자가 그걸 이해 못 할 수도
있다는 것을 의식 안 하고 그냥 무심히 적은 내용이 있다.
물론 작가는 필요해서 적은 거라고 하지만
그걸 굳이 왜 여기에 넣었는지 알게 되면 오히려
글 전체를 이해하는데 혼란만 가중시키는 그런 말들.
그 말은, 작가가 그만의 세계에 순간 빠진 것을 그냥
적은 것일 수도 있다.
자기 내면, 의식의 흐름 속에선 통할 수 있어도
문맥상 겉으론 생뚱맞기 그지없다.
전체 스토리와 관계없는 맥거핀(MacGuffin)을
일부러 넣어 관객들에게 혼란을 불러일으키는
영화 기법도 있으니 말해 뭐 하나.
전체 문맥 이해와는 별로 관계없는,
오히려 알면 혼동만 야기하는 말일 수도 있는 그런 말.

이것도 그냥 모른 채 넘어가는 게 나을 수도 있다.
다 알 필요는 없다.
그가 주장하는 골자만 알면 되고,
실은 또 작가는 한 사람이지만 그가 쓴 글을 갖고
백 명의 독자는 100가지 해석을 할 수도 있는 것이다.

이게 문학의 묘미(妙味) 아닌가.
이해 안 가는 구절을 그냥 모르는 채 넘어가는 게
독서의 완성을 위해 더 좋을 수도 있다.
실은 거의 완벽히 이해해 가며 한 번 읽는 것보다
그냥 넘어가고 다음에 또다시 읽는 게 작가의 뜻을
이해하는 데 더 나을 수도 있다.

지하철에서 내부에서만 쓰는 말을
승객을 상대로 겉으로 드러낼 때가 있다.
이건 그냥 뱉으면 안 되고 반드시 승객의 입장에서
한번 읽어 보라고 하고 혼선되는 부분은 없는지
확인하는 절차가 필요하다.

이번에 대통령 파면에서 국민의 시각으로 헌재에서
선고문(宣告文)을 발표했는데, 지하철도 시민의
눈높이에 맞게 안내문을 발표할 필요가 있다.
이해가 안 되는 부분(오해 부분)이 있으면
안 되기 때문이다.
그리고 동시에 100명이 읽으면 100명이
다 똑같은 내용으로 이해해야 한다.
공지문에서 사람 따라 해석이 제각각이면 곤란하다.
안내 방송은 내용이 또렷하게 들려야 하고,
"방송을 위한 방송을 하고 있군."이란

인상을 줘서는 안 된다.

이런 건 일방적으로 전달하는 매뉴얼이나 작가가 자기 세계에
빠져 혼잣말하는 것하고는 다르다.
오해해도 상대방에게 크게 해가 안 되거니
오히려 권장하는 것하고, 오해(오독)가 있어선 안 되는
공식 발표하고는 그 성격이 완전히 다르기 때문이다.

남자가 더 빨리 죽는 이유

내가 보기엔,
남자가 더 일찍 죽는 이유가, 전엔 그래도
남자들이 말로 표현을 잘 안 해서 그렇다고 생각했는데
왜 이렇게 말로 잘 표현 안 하느냐가
더 근본적인 이유일 것 같다.

남자들의 책임감과 의무감 때문인 것 같다.
왜 남자들에게 이런 게 주어졌는지는 모르겠지만
–그래도 짐작건대 사냥과 농경사회에서
육체적으로 더 힘이 세서 그럴 거라 추측–
하여간 이 의무감과 책임감이 부담으로 작용해
함부로 남에게 표현도 잘 못 한다.
그게 수명을 단축하는 이유일 것이다.

반면, 여자는 불만이 있으면 바로 남들에게 털어놓고
서로 수다를 떨며 풀고 그것도 안 되면
혼잣말이라도 중얼거린다.
그리고 남에게 의존도 잘한다.
전부 자기가 떠안으려 하지 않는다.

남의 힘을 빌린다.

교회나 절에 여자들이 더 많이 가는 것만 봐도 그렇다.
신에 의지해 위로받으려는 것이다.
거기서 자기 속마음도 털어놓으면서 소원도 빈다.
이 의무와 책임이라는 짐이 결국 남자를 더 빨리
죽게 하는 근본 원인 같다.

인생이란

인생이란 맺고 끊는 게 없이 어쩌면
애매한 게 진실일 것 같다.
삶에는 어쩌다 보니 그렇게 되었다고 말할 수밖에 없는
영역이 존재한다.

내 의지와 욕망만으로 살아가는 것도 아니고,
외부의 강제에 따라 사는 것도 아닌, 많은 게
얼기설기 엮여 "그냥 어쩌다 보니, 이렇게 살게 되었어."라는 게
많이 맞을 것이다.
어영부영하다가 시나브로 여기에 와 있는 것이다.
돌이켜보면 남들과 다르게 특별할 것도, 그렇다고
특별하지 않은 것도 아닌.

그러다 죽을 때가 되면 남들처럼 아프다가 나도 죽는다.
그러고는 끝.
암흑, 이제부터 영원한 무(無)의 연속.
내 실존은 생겨나기 전처럼 흔적 없이 사라지는 것이다.
사후엔 나를 기억하는 사람들도 하나하나 없어진다.
무(無)의 세계가 나와 그들을 모두 삼켜버린다.

그러면 육체도, 내가 이 세상에 존재했었다는
흔적도 모두 소진(消盡)되고 마는 것이다.

남은 인생에서 오늘이 가장 젊다.
동물로서 영혼도 천당도 없다.
그냥 다른 동물이 죽어 시체로 나뒹구는 것처럼
먼지로 돌아갈 뿐이다.
인간도, 영혼이 있다는 인간이기 이전에 동물이다.
자연의 일부로 싱싱하게 생겨났다가
이젠 쭉정이가 되어 그 형태를 달리해 자연의 일부로
역시 섞이는 것이다.

실은 삶이 리얼하게 이렇게 우리 앞에 펼쳐지니까,
무상(無常)하니까—견딜 수 없어, 견디기 위해—
정신이 있는 인간이 영혼을 만들고 사후 세계를
상상해 놓은 것이리라.
그렇지만 자연은 역시 냉혹하다.
"신이니 극락이니 그런 건 너희가 만들었지,
내가 만들었냐?" 하며,
그런 인간들만의 사정을 자연은 봐주지 않는다.
인간은 별거 없이 자연, 우주의 일부에 지나지 않는다.

자기기만을 하면서까지 자기가 믿는 것을 그게 아니라고

합리화하며, 그 힘으로 버티려고 하는 게 인생 아닐까.

진실을 직시하며,

뭔가 자기만의 무너지지 않는 걸 향해

살아 있는 동안만이라도 앞으로 나아갈 수밖에 없는 것 같다.

불교에서 열반(涅槃)에 드는 건, 더 이상 윤회하지 않는

그냥 죽어 꺼져버리는 것을 말한다.

이렇게 유한하고 끝이 있으니까,

인생이 더 소중하고 가치 있는 건 아닐까.

처음 의도를 벗어나야

작가의 처음 의도대로 작중 인물들을 그대로
일렬로 세우는 것보단 작중 인물들이 살아서
움직이게 하는 게 더 나은 작품이 될 가능성이 크다.

작가의 처음 의도는 이랬지만 작중 인물들이 개성을 갖고
살아서 움직이게 하고, 그냥 그들의 말과 행동을 받아적는 게
작가의 할 일이라고 하고, 그건 곧 작가의 솔직한 독백이고
본능이라 더 훌륭한 작품이 되는 것이고
초자아(超自我)를 버리고 자아의 무의식 표출에 충실할 때
명작이 탄생한다고 할 수 있다.
이건 또 그 작가만의 유일한(Unique) 작품이 될 공산이 크다.

글 쓰는 힘

해마다 한 권씩을 내서 여섯 권째 내고 있는데,
그러면서 든 생각을 적자면 글을,
꾸준히 쓰는 힘은 다음과 같은 데서 오는 것 같다.

"…그립고 아쉬움에 가슴 조이던
머언 먼 젊음의 뒤안길에서
인제는 돌아와 거울 앞에 선
내 누님같이 생긴 꽃이여…"라고
미당 서정주 시인이 「국화 옆에서」에서 노래했듯이,
삶의 뒤안길에서 한껏 헤매다가 돌아올 수밖에 없는
어떤 운명과 체념, 그로 인한 성숙한 삶의 여정처럼
우선 기질(Temperament)이 좌우하는 것 같다.
이건 운명적인 것인데 결국 돌고 돌아 책으로,
글쓰기로 다시 돌아오고야 마는 것 같은 것.
'뛰어봤자 부처님 손바닥 안.' 이런 것.
아마도 떠돌아다니는 신세인 역마살(驛馬煞) 같은
그런 운명적인 것.
뭔가 다른 걸 하면서도 "이건 아닌데." 하며
가슴 한구석에 항상 글쓰기가 들어앉아 있는 것이다.

아마 이런 타고난 기질 같은 게 글 쓰는 힘의 한
50% 이상은 차지한다고 본다.
특히 예술가 중엔 자기도 어쩌지 못하는
-벗어나지 못하는-팔자소관(八字所關).
사상의학(四象醫學)이고, 요즘으로 치면 MBTI 같은 것.

어릴 적 할머니가 그랬든 누가 늘 그랬든
자기는 그들의 말에 의해
하찮은 존재라고 생각할 수 있다.
그러나 그걸 글로 털어놓는 순간 그것은
이제 내 것이 아니게 된다.
뭔가 지금까지 찝찝한 것을 털어내기 위한
강한 집필 욕망이다.
이건 운명적인 것하고는 좀 다른 것인데,
뭔가 스트레스가 쌓이다가도 글쓰기를 하면 정상으로
돌아와 평온을 찾는 것이다.
자기와 쿵짝이 잘 맞는 궁합 같은 것이다.
이것만이 꼭 자기 자리인 것 같은 것이다.
전업주부가 시댁과 친정에서 이젠 돌아와
왕국인 자기 부엌에서 비로소
안정감을 찾는, 그런 거라고나 할까.
쓰면 시간 가는 줄 모르고 뭔가 삶의 곡절(曲折)
같은 걸 적어나가면서 그것과 거리를 두는 것이다.

글을 통해 자기 내부와 외부를 동시에 보는 것이다.

깊이 감춰진 축축한 상흔을 글로 펼쳐 말리는 것이다.

멋있는 말로는 승화(Sublimation)하는 것이다.

그 분출이 바람직하지 않은 곳이 아닌

바로 글로 향하는 것이다.

그걸 하고 있으면 마음이 가라앉고 평온하고 안정되고

즐거운 것이다.

좋아하는 것을 넘어 즐기는 것이다.

자꾸 쓰고 싶은 게, 한 30% 정도는 글을 쓰는 힘에

작용하는 것 같다.

마지막으로 재능(Ability)이다.

이걸 어떻게 아느냐면 누군가에게 "너는 말보단 글을

더 잘 쓰는 것 같아."라는 말을 들으면 좀 재능이

있다고 보면 된다.

왜냐하면 말로 할 걸, 글로 대신하기 때문이다.

백일장(白日場) 같은 데서 상은 못 받았더라도 가끔은

남들로부터 "글 좀 쓰네."라는 말을,

살면서 한두 번 들었다면 그것으로 충분하다.

칭찬은 고래도 춤추게 한다지만, 너무 그런 말을 안 들은

경우라도 그냥 기질(氣質)과 쓰고 싶은 것만 합쳐 80% 이상은

확보되었으니, 그것만 가지고도 글을 쓸 수 있다.

재능은 단지 20% 이하로 글을 쓰는 힘에 작용할 뿐이다.

인생살이에서 본래 자기 자리로 돌아와 안착하고,
거기서 진정한 즐거움을 만끽(滿喫)하고 행복을 향유(享有)하면
더 바랄 게 뭐가 있겠나.

글 쓰는 힘	• 타고난 팔자	50%
	• 쓰고 싶은 마음	30%
	• 글에 대한 남의 칭찬	20%

인간 세상의 진리

인간은 자연 속의 다른 동물이나 식물처럼-무슨 인간이라고
영혼이 있는 게 아니라-한낱 티끌에 불과하다.
다른 생물처럼 인간도 죽으면 그것으로 끝이다.
천당과 극락도 없다. 바로 무(無)다.

영원히 흐르는, 변화하는 자연의 흐름 속의
잘 보이지 않는 먼지에 불과하다.
망망대해(茫茫大海)에 잠시 이는 잔물결에 불과하다.
이 세상에서 진리가 있다면 영원히 흐르는
변화, 그 자체뿐이다.
또 하나의 진리를 들라면 인간 세상엔 절대적인
진리는 없고 뭐든 상대적이란 것이다.

이걸 깨닫지 못하니까 인간은 늘 불안하고
고독하고 허무한 것이다.
그것을 깨닫는 순간 인간은 달관(達觀)의 경지에 올라
뭐든 느긋해질 수 있다.

이런 걸 기반으로 내 의견(意見)을 보태자면 그나마 현실이

불안하고 고독하고 허무하더라도 자기가 가지고 태어난 것을
맘껏 실현할 수는 있다. 거기서 나름대로 행복을 찾는 것이고
사회는 개인의 자유로운 자아실현을 위해 끝없이
노력해야 한다는 것이다.

내가 내 글을 대하는 태도

나는 책을 내면 그 책은 뒤도 안 돌아본다.
그것으로 끝이다.
뒤져보면 유치한 생각을 나열했을 것 같아 겁이 나기 때문이다.
책을 내는 순간 애정과 관심이 급격히 식는다.
단 한 번도 예전에 발표한 글을 읽은 적이 없다.

다음에 쓰는 글의 아이디어가 생각나 다시
그것에 대해 쓸 때가 가장 삶의 희열을 느낀다.
책 발표로 내 책이 세상에 나올 때보다 훨씬 행복하다.
새로운 생각으로 뭔가 다시 끼적이는 순간이 가장 좋다.
그래서 계속 글을 쓰는 건지도 모른다.

이미 지나간 글은 다시 볼 마음이 들지 않는다.
지금 쓰는 글이 가장 잘 쓴 것 같고,
가장 애정이 샘솟는다.
그걸 미숙하나마 당장 발표하고 싶어진다.
또 새로운 영감으로 새로운 글을 쓰게 되면
지금 막 끝낸 글은 다시 시들해진다.
지나고 묵힌 것은 버리고 싶은 강한 충동을 느낀다.

그것들이 지금 쓰는 것을 방해할 것 같은
두려움이 들기 때문이다.
전 것은 관심이 사라지고 새로운 글에 집중하게 된다.

사실 객관적으로 가장 잘 쓴 글은, 묵혀서
거듭 퇴고(推敲)한 글이라는 것도 안다.
그러나 지금 쓰는 글, 새로운 내 생각이 들어가고
전의 생각이지만 생각의 정제(精製)와
결론에 더 가까워진 글이
제일 잘 쓴 글 같은 건 나도 어쩌지 못한다.

이미지를 만드는 이유

인간에겐 큰 줄기가 있다.
안 바뀌는 게 있다.
어쩌면 인간의 본능이라 그럴 것이다.
그러나 나는 그걸 아주 싫어한다.
내가 바꾸려고 해봐야 결국 나가떨어질 게 뻔하니
아예 거기에 맞추는 척만 하는 것.

그래 이미지를 만들어 그것으로 나를 보호한다.
그런 걸 싫어하면서도 만드는 이유는 내게 달라붙어
귀찮게 하기 때문이다.
아니 그럴 것 같기 때문이다.
나는 사전 예방에 다소 철저한 인간이다.

내 독서와 위대한 글쓰기를 방해할 것 같기 때문이다.
다른 인간들과 이미지 만드는 이유가 아주 판이하다.
따라서 내 속과 겉으로 보이는 이미지는 아주 다르다.
일반적인 흔한 모습을 유지하려고 한다.
외부에 노출해 공격받을 것 같은 글도
이런 식으로 많이 쓴다.
그건 내 주장이 절대 아니라 단지 글재주를 닦기
위한 것에 불과하다.

아름다운 한글

요즘 K팝이나 K드라마가 인기여서 그런 것도 있겠지만,
일본인이 한국어를 들으면 뭔가 세련된 느낌이 든다고 한다.
특히 한국 젊은 여자들의 발음(Pronunciation)은 마치
고저장단이 있는 음악처럼 들린다고 한다.
아무래도 여성들의 언어 능력이 앞서기에, 그래서,
그들은 언어 창조의 귀재(鬼才)라 아니 할 수 없다.

'꽃', '오빠', '아유!' 같은 한글의 모양과 소리에 푹 빠졌단다.
불어 등 발음 시 한글로 써놓은 게 더 정확하다고 한다.
표음문자(表音文字)로서 한글이, 전 세계 언어의
표준 발음기호로 정착될 날도 머지않을 거라 단언해 본다.
하긴 한글로 표현 못 하는 소리가 어디 있겠나?
단지 백성들이 편하게 쓸 수 있도록 한글을 창제한
세종대왕의 업적에 새삼 감사함을 느끼지 않을 수 없다.

또한 한글이 예쁘고 아름답다고 외국인들이 곧잘 감탄한다.
특히 녀자(女子)가 여자가 되는 두음법칙(頭音法則)으로
초성에 'ㅇ'이 많이 들어가 그런 것 같다.
가만히 보면 동그라미가 참 많이 한글에는 들어가 있다.
강남, 역삼, 선릉, 삼성 등 2호선 역만 해도

지하철 역명엔 동그라미가 들어간 역이 그렇게나 많다.
아니, 한글 자체에 동글동글한 이응이 원래 많다.
무심코 쓴 위 문장만 해도 동그라미가 열두 개나 들어가 있다.
이런 한글을 보고 꼭 예술 작품 같다는 말을,
외국인에게 들은 기억도 난다.

"민우야!", "달성아!" 하고 사람 이름을 부를 때, 우린
언제 '야'를, 언제 '아'를 붙일지 일일이
문법을 따져 가며 부르지 않는다.
이건, 뛰어난 언어인 한글을 나면서부터
써온 한국인만의 특혜랄 수 있다.
그러니 한국인이라는 자부심을 가져
한글을 아끼고 사랑해 더 갈고 닦아야 할 것 같다.

더불어,
먼저 말이 있고 말에 관한 규칙인 문법(Grammar)이 있는
것이지, 그 거꾸로는 아닌 것 같다.
그러나 우린 외국어를 배울 때 주로 문법부터 배운다.
어린애가 모국어를 배우는 식으로 언어를
배우는 게 첩경이고 정석 아닐까.

모양도 아름답고 듣기에도 감미로워,
한글 배우기 열풍이 세계적인 추세에 있는 것도
어쩌면 당연한 귀결이라 하지 않을 수 없다.

혼자는 작가의 숙명

사람을 만나면 언제나 "곧, 끝내야 하는데." 하며
조바심 내는 게 작가의 숙명일지도 모른다.
그래야만 글을 계속 쓸 수 있기 때문이다.
글은 어차피 혼자 써야 하고 절대적인
시간과 공간이 필요한 작업이고,
집중해서 아무런 방해도 받지 않아야 하기 때문이다.

그게 안 되면 외부로부터 방해받을 것 같은 두려움이
언제나 자신을 엄습하기 때문이다.
외부는 자신처럼 마음대로 안 된다.
겨우 안방에서 거실을 거쳐 작업실로 들어설 때,
마치 출근하는 것처럼 정장을 입는 작가도 있다.
이처럼 작가는 자기만은 대체로 잘 다스린다.

사람을 만나는 것으로 주어진 숙명을
거역할 수는 없기 때문이다.
어차피 결국엔 그리로 돌아갈 운명에
놓여있음을 스스로 잘 알기 때문이다.
이 팔자를 자신도 어쩌지 못하는 것이다.
그걸 하늘의 뜻에 반(反)하는 일이라 여긴다.

힘의 균형 유지

이제 진보 정권(Liberal Regime)도 들어섰으니 이참에
법꾸라지들, 검사(Prosecutor), 판사들을 손봐야 하고,
의사들도 손봐야 한다.
대신, 음지에서 개인적 흥미와 사명감으로 열심히 일하는
연구자(Scientist, Technician)들의 기를 살려줘야 한다.
대학 교수와 블루칼라 월급을 비슷하게 만들어야 한다.
정신, 지적(知的) 노동의 가성비를 계속 낮춰야 한다.
화이트칼라 직업은 골치만 아프고
얻는 게 별로 없다는 인식을 심어줘야 한다.
한국은 이 사농공상(士農工商)이 문제인데,
단순, 육체노동자의 시간당 인건비를
계속 올려 균형을 맞춰야 한다.

그래야 기를 쓰고 안 달려들어 경쟁도 완화된다.
대개 안 좋은 건, 다 이 경쟁 심화 때문에 일어난다.
"사는 게 무슨 사생결단 전쟁도 아니고 지금 뭐 하자는 건가?"
사람들이 여유가 없다.
브라질 카니발처럼 우리 마당놀이를 되살려 광장에서
질펀하게 한바탕 놀아야 그게 카타르시스로 작용해

쌓인 응어리도 풀리는 것이다.
놀이 광장에서 자만추(자연스러운 만난 추구)도 이뤄져
연애도 하고 결혼도 해서 애도 낳고
인구절벽도 자연히 사라지는 것이다.

한국 사람은 신명과 흥이 특기인데 이걸 살려야 한다.
한국인 특유의 풍류(風流)가 되살아나 자연과 어우러진
유유자적(悠悠自適)한 삶을 되찾아 와야 한다.
옛 조상들은 삶에 넉넉한 정취(情趣)가 있었다.
들에 나가 일을 하고 새참을 먹기 전에 "고수레!"하며
주변에 음식을 뿌림으로써 신에 감사하고 없는 살림이지만
벌레 같은 하찮은 미물(微物)과도 먹을 걸 나눴다.
그리고 절대 혼자 안 먹고, 들에 보이는 일꾼들을 전부
큰 소리로 불러 음식을 함께 나눠 먹었다.
안분자족(安分自足)하며,
겸손을 미덕으로 여겨 자연에 머리를 숙였다.

생활고로 자살을 기도하던 사람도, 앞날에 대한 절망으로
N포기한 히키코모리도 광장으로 불러내 어깨를 들썩이며
탈춤, 사물놀이, 각설이 타령을 섞어 "얼씨구나!" 하면서
어깨동무, 강강술래로 원을 그리며
다 함께 광장(廣場)으로 모여야 한다.
자기만 살려고 하지 말고 사회로부터 소외된 사람들을

이 광장으로 불러내 신명 나게 함께 놀아야 한다.
이렇게 몸과 마음의 긴장을 풀고 유연해져야
하다못해 내수도 활성화되면서 경제도 차츰 되살아날 것이다.

더는, 돈 쉽게 벌어 우러르는 의사로 쏠림이 없게 하는
사회 시스템을 구축해야 한다.
내년(2026년)엔 한국문학관도 개관하니,
K컬처의 고른 성장을 위해 상대적으로 소홀했던
순수 예술가 양성에도 힘써야 한다.
그들의 사기를 진작(振作)하는 방안을 따로 마련해야 한다.
그래야 한국도 노벨문학상 수상자를 거듭 배출할 수 있다.

아직 공수처는 힘이 달리니 힘을 더 실어줘 검찰과
서로 싸움을 시켜 맷집을 늘려 맞짱 뜨게 해야 한다.
대신 비대한 검찰 조직은 기소청으로 몸집을 줄여야 한다.
그리고 군(軍)은 육사에 메스를 가차 없이 들이대고,
육사 출신이 아닌 사람을 군 요직에 등용해야 한다.
서울대 법대와 서울대 자체도 별도로 손봐야 한다.

자기들이 지금까지 누린 기득권(Privilege)을
빼앗기지 않으려고 저항이 만만치 않을 것이다.
그러나 인정사정 볼 것 없다.
그냥 두면 뭐라도 되는 줄 알고

카르텔을 형성해 자기들끼리 누이 좋고 매부 좋다며
서로 봐주고, 돌아가며 다 해 먹을 것이다.

서울대는 당장 10개로 쪼개 각 지방으로
뿔뿔이 흩어놓아야 한다.
서울대 예체능은 제주도로 옮겨야 한다.
아쉬우면 자기들이 다 알아서 가게 되어 있다.
센 건 기세(氣勢)를 꺾어놓고, 약한 건 기를 살려야 한다.
그리고 지방과 수도권, 힘의 균형을 맞추기 위해
대통령 집무실과 국회를 하루빨리
세종시로 옮겨야 한다.

하여간 힘 좀 쓴다는 권력(Power) 조직은, 눈을 부라리며
견제하고 서로 감시하게 해야 한다.
인간 사회는 이런 힘의 균형이 꼭 필요하다.
알아서 자제할 줄 알아야 하는데,
권력에 취하면 그게 안 되니 일일이 가르쳐 줘야 한다.
힘이 한쪽으로 너무 기운다 싶으면,
그 힘을 빼게 하는 자동 장치(Device)를 만들어둬야 한다.
안 그러면 건방을 떨고 그걸 움켜쥐고 놓지 않으려 한다.
그러기 전에 선수를 쳐서 버르장머리를 고쳐놔야 한다.
북유럽 선진국에서 하는 걸 벤치마킹하는 방법도 있다.

이건 현 정권에도 똑같이 적용되어야 함은 물론이다.

오히려 살아 있는 권력에 더 엄격해야 한다.

견제 없는 권력은 썩게 되어 있다.

인간 사회엔 힘의 균형만이 진리다.

중국이 없으면 미국 맘대로 하고,

미국이 없으면 중국 맘대로 한다.

두 나라가 세계 경찰인 양, 자기 맘대로 하기 위해

한국을 자기편으로 끌어들이려 할 것이다.

이들 힘의 균형 사이에서 한국이 균형추(均衡錘)

역할을 할 수만 있다면 굳이 마다할 이유가 없다.

여자의 가만한 응시

내성적인 쪽에 가까운 등장인물 중 특히 여자가
멈춰 서서 골똘히 아니면 물끄러미 뭔가 바라보는 장면을
대개의 여류 작가들이 곧잘 표현한다.
이런 장면은 내게 아주 임팩트(Impact) 있게 다가와
약간의 전율(戰慄)을 일으키기도 한다.

특히 그런 장면은 앞으로의 일에 복선의 역할을 하는 것
같기도 해서 그 후에 일어나는 자살이나 큰 사고의 발생을
아주 자연스럽게 만드는 기능을 하기도 한다.
그 후 갑자기 오뉴월에 서리가 내려도 전혀 이상하지 않다.

이런 응시가 복선(伏線) 역할도 하지만 뭔가 그 여자가
그 자리에서 전혀 움직임 없이 뚫어져라,
아니면 무심히 보는 행위는 큰 결심 같은 것이었거나 해서
그 여자의 캐릭터가 바뀌는 계기를 만들기도 한다.

가만히 멈추어 뭔가 응시하는 여자는
이제 평소의 그 여자가 아니다.
뭔가 한(恨)의 종식이나 생의 마감을

다짐하는 것일 수 있다.
지금까지 쌓인 걸 이제 끝내거나 포용하려는
행동의 시발점이다.
그 여자에겐 그게 터닝 포인트로 작용한다.

누구나 자기 고집대로 산다

인간에게 고집(Stubborn)이란 게 어떻게 형성됐는지
모르겠지만, 누구에게
"그 사람은 똥고집이라 남의 말을 귓등으로도 안 들어."라고
욕하지만, 정작 그렇게 말하는 자신도 남의 말을 안 듣고
자기 고집대로 하는 건 마찬가지다.

알고 보면 모든 사람은 남의 말을 안 듣고
자기 고집대로 산다.
귀가 얇아 남의 말을 너무 잘 듣는 팔랑귀조차도,
실은 자기 기질이나 마음이 그러니까 그걸 선택한 것이다.
모든 건 결국 자기가 결정한 것이다.
자기가 고집을 부려 그렇게 된 것이다.
옆에서 지켜보다가 하도 답답해서,
"너는 왜 그렇게 귀가 얇니? 그러니까 그런 사기나 당하지."
해도, 그는 결국 계속 귀가 얇게 행동한다.
자기 체질대로 산다.
생긴 대로 사는 것이다.

고집이 겉으로 너무 드러나냐 안 드러나냐의 차이다.

보통 사람은, 상대가 한 말을 들으면서 그렇게
하겠다고는 하지만 결국 그의 말대로는 안 한다.
내 고요한 마음에 파문을 일으킨, 아주 호감 가는
사람인데, 뭔가 아직은 모르겠고 불안할 때
친한 친구에게 묻는다.
"그 사람 어떤 것 같아?"
"어차피 네 맘대로 할 거면서 묻긴 왜 물어."
그래도 묻는 건, 결국 자기 마음 가는 대로 꼭 만날 거지만,
그래도 객관적으로 검증받아 자기 불안한 마음에 확신을
얻기 위한 확증편향(Confirmation Bias), 요식행위에 불과하다.

남의 말대로 하겠다는 건 거짓말이다.
대개 거짓말하는 이유는 그와의 관계가
껄끄러워질 것 같으니까 그러는 것이다.
관계 악화로 인해 사이가 벌어지는 것에 대한 손해도
감안한 거지만, 사이가 틀어져 계속 이어 나가는 게
너무 자신이 현재 불편할 것 같고,
자기 마음이 편하지 않을 것 같으니까
그런 결론을 내린 것이다.
인간은 물질보다 정신으로 더 크게 다친다.
나중에 생각해 봐도, 돈을 좀 사기당한 것보다
그로 인해 마음에 상처를 입은 게
더 오래가고 잊히지 않는 법이다.

남의 말을 안 듣고 자기 고집대로 하는 건,

"똥이 무서워 피하냐 더러워서 피하지."

이런 뜻이다.

더 안 좋게 아주 노골적으로 표현하면,

"그래, 네 똥 굵다." 하면서

개에게 똥을 던져주듯이, 그거나 먹으면서 입 다물라는 것이다.

그러니 함부로 남에게 충고할 건 못 된다.

그리고 또 어차피 내 말은 듣지도 않고

자기 고집대로 할 것이기 때문이다.

이간은 이상하게,

말한 건 무시하지만 말없이 행동한 건 따른다.

자기 고집대로 결국 하는 건, 대개는 그의 말을 따르려니

자기가 지금까지 해 온 게 있어 버릇이 들어

고치기 쉽지 않아 그런 것도 있지만,

대개는 남의 말은 주로 자기 위주로

말한 것이어서 상대방과 잘 안 맞기 때문이다.

그리고 무엇보다 자기의 타고난 체질을

어기지 못해 그런 것이다.

남의 생각이 자기와 잘 맞을 리 없다.

타고난 기질이 굳어진 습관보다 힘이 더 세다.

그렇지만, 면전에서 딱 잘라 거절하는 사람보다

거짓말하는 사람이 더 지혜로운 사람이다.
이 사람이 앞으로 더 희망적인 사람이랄 수 있다.
자기가 앞으로 기대하는 것에, 혹시 지금의 직설적인 화법이
마이너스로 작용하지나 않을까 걱정 끝에 나온 것이다.
그러니까 그런 것까지 두루 고려해 내린 결론이라
더 지혜롭다고 할 수 있다.

뭔가 할 게 없는 사람은 현재 자기 고집밖에 남은 게 없다.
할 게 없으니 자기 딴엔 그게 중요하다고 생각해
사소한 것에 고집을 부린다.
할 게 분명한 사람은 그 고집이 자기가 할 것에
유해 요인으로 작용할 것 같아, 그 고집을 꺾는다.
그러나 잠시 그럴 뿐이다.
대통령이 파면된 것도, 할 게 없어 시답잖은 것에
괜한 목숨을 걸고, 거기에 고집만 부렸기 때문이다.
권력 최고 상층부에 올라가는 게 유일한, 할 것이어서
앞으로 더 할 게 남은 게 없는 것이다.
시끄러운 국내를 피해,
외국에 자꾸 나간 것도 자기를 반기는 것 같고,
굽신거림을 받는 꼭대기를 즐기기 위해 자기 측근들과
또 한잔하러 간 것인지도 모른다.
그것 외엔 이젠 할 게 없는 것이다.
다 이뤘는데 뭘 더 하겠나?

그냥 지금을 누리고 만끽하기만 하면 되는 것이다.

지금 쓸데없는 고집을 안 부리려면 자기에게
뭔가 앞으로 할 것을 자꾸 만들어야 한다.
이런 걸 보면, 할 게 남은 게 더 좋은 것 같다.
연로한 노인들도 자기를 뒷방 늙은이로 취급하거나
어디에서 자길 열외(列外) 시키면 아주 싫어한다.

남의 말을 듣는 척하며,
거짓말하고 자기 대답대로 안 하는 것은
'두고 보자' 정신이 깃든 것이다.
그게 복수를 한다는 말이 아니라 자기식대로 해서
자기만의 뭔가를 나중에
그에게 증명해 보이겠다는 게 숨어 있는 것이다.
그냥 당신 말은 내 인생 도정(道程)에서,
결국 다 받아들이는 게 아니라
참고 정도로만 치부하겠다는 것이다.
네가 말한 대로가 아니라 내 고집대로 밀고 나가겠다는 것이다.
그리고 가장 큰 복수는 사실 자기 방식대로 잘사는 것이다.

그냥 자기주장대로 살면서 겉으로 안 드러나게
남에게 피해나 안 주면서 자기를 발현하면 끝이다.
자기 고집이 겉으로 드러나고, 그래 남의 마음을 상하게 하고,

결국 그게 남에게 피해까지 주면,
그는 자기 고집만 부리는, 안 좋은 사람으로 욕을 먹는다.
그러나 누구나 고집은 다 있다.
"누군 고집 없는 줄 알아?"
이 말은, 정말 맞는 말이다.

겉으로 안 드러나고 피해도 안 주는 사람은
똑같이 자기 고집대로 살지만, 결과적으로 남에게 욕은커녕
좋은 사람이란 말만 듣고 산다.
그러니까 이 사람이, 인간과 세상에 대한 이치(理致)를
더 많이 알기 때문에, 더 지혜롭다고 말하는 것이다.
똑같이 고집을 부렸지만,
누군 욕만 먹고, 누군 칭찬만 받는다.
이 차이는 어디서 오는 것일까?

어쩌지 못하는 마음

"넌, 지금 제정신이 아냐."
이렇게 친구가 뜯어말리고 이성적으로 설득해도
자기가 하고 싶어 끌리는 곳으로 향하는 마음은
어쩔 수 없는 것 같다.
그걸 하고 크게 후회해도 지금으로선 할 수 없는 일이다.

"이런 나를 나도 모르겠어."
자신도 어쩔 도리가 없다고 생각하고 이건, 이제 내게 있어
운명(Destiny)과도 같은 거라며 매일 자신을 합리화하며
끝내 그걸 하고야 마는 것이다.

"도저히 가만히 있을 수 없어, 나도."
눈물의 이별이건 결말이 실망밖에 남는 게 없건
지금으로선 선택의 여지가 없는 것이다.
그 결과는 오로지 자신이 감당할 수밖에 없는 것이다.
설렘과 두려움이 섞인 두근거림을 자신도,
그것을 지켜보는 친구도 제어할 수 없는 것이다.

"나도 어쩌면 지금의 이 비정상적인 상태를
빨리 끝내길 바라서 그런지도 몰라."

현실을 좀 그나마 만족하며 사는 방법

나는 내가 보기에 이런 것 같다.
세상과 인간에 대해 자꾸 생각하는 것이다.
거창한 것 같지만, 내가 이런 걸 어쩌라고?
그 틈바구니에서 나는 어떻게 할까 하는 것.
글을 읽고 쓰다 보니, 나는 그것에 대한
글을 쓰고 있는 자신을 자주 발견한다.
계속 생각하고 읽고 쓰다 보니 나름대로
어떤 결론에 도달한 것 같기도 하다.
그건 또 변할지도 모른다.
남들에겐 안 맞을지 모르지만, 난 그렇다는 거다.
한 인간이 세상에 우연히 내던져졌고,
자, 그럼 이 상태에서 어떻게 하면
내 나름 그런대로 살아갈까 하는 것.

내가 인생을 60년 넘게 살았고 직장 생활 35년 이상,
책을 읽고 글을 쓰면서 든 생각은,
세상은 사는데 이걸 갖추면 어느 정도 좀 살았다고
말할 수 있을 것 같다.

그게 또 변할 수도 있지만, 세상과 인간에 대한 본질을

통찰하고 거기에 맞게 사는 것이다.
거기에 맞게 사는 건 그 통찰로 자기 기질과 내면에서
솟는 기운을 조화시키며 산다는 말이다.

그래도 세상은 내가 생각한 것처럼 변하지 않으니까
불만족하고 뭔가 부족한 게 있을 것이다.
현실에서 채워도 채워도 채우는 게 불가능하다고
보기 때문이다.
아마도 나 혼자 사는 게 아니라 그런 것 같다.
사람들의 생각이 다 달라 그런 것 같다.

그나마 좀 불만족 없게 살려면 자기만의
가상을 만들어 거기서 그 채움을 위한 활동을 하라는 것이다.
가상은 자기가 진정 빠지는 취미나
무아지경까지 갈 수 있으면 좋겠지만,
예술로 자신을 불태우는 그런, 예술 활동 같은 걸 포함한다.

누구나가 현실에선 만족할 수 없기 때문이다.
어쩌면 그런 불만족 상태가 내가 아직 살아 있다는
증거일 수 있다.
삶은 불만족과 불안의 연속이다.
어쩌면 죽음만이 그런 불만족이 사라지고
영원한 안식으로 접어드는 세계인지도 모른다.

자기만의 가상 공간에서 이상적인 것을 구현해

채우는 노력을 하는 게 현실에도

어느 정도 만족을 가져올 수 있는 것 같다.

그러니까 현실과 가상이 서로 돕는 것이다.

현실에서의 불만족을 가상에서 대리로 풀고,

가상에서의 자기만의 이상을, 계속 현실을

통해 업데이트해 나가는 것이다.

현실이 없는 이상은 공허(空虛)하고,

이상이 없는 현실은 허무(虛無)하다.

결국 어느 대학교수가 말한 것처럼,

사람은 결국 '일'하고 '사랑'하고 '놀면서'

이들이 서로 조화를 이루도록 살면

그나마 좀 만족하며 살 것 같다고 한다.

현실에서 그나마 만족하며 살려면 이 세 가지가 있어야	① 일	어느 정도의 인간적 성취와 보람.
	② 사랑	그가 안 됐으면 슬프고 잘되면 가식이 아니라 진정으로 함께 기쁜, 그로부터 내가 힘들 때 위로받고 기댈 수 있는, 아니 그 존재만으로 그런.
	③ 놀이	인간과 사회에서 떨어져 나와 자기 나름대로 푹 빠질 수 있는 자기만의 이상 세계를 구축해 거기서 현실의 시름을 잊을 수. 현실에서 불만족인 것을 여기서 그나마 채우는.

남자는 마누라가 하는 말이 정답

그 남자의 진상은 바로 그 마누라가
가장 정확하게 진단한다.

자기 부모도 아니고 그렇다고 자기 자식도 아니어서
촌수도 0촌이며 피도 안 섞였고
나쁘게도 좋게도 말해 줄 필요가 없고
(나쁘게 말하려니 자기 자식들 아버지이고,
좋게 말하려니 하는 꼴이 얄미워서)
그러면서도 가장 피부를 닿으면 이것저것 보며
살아왔기 때문이다.
가장 가까이에서 보는 인간이란 말이다.

섹스도 사랑한다며 아니면 성욕이 꿈틀거려 아니면
그저 의무적으로 하며 볼 것 안 볼 것 다 보고 산 사람이
마누라라서 그렇다.

마광수의 주장

나이가 들어 결국 다시 마광수로 돌아왔다.
그가 남긴 50여 권의 책을 거의 섭렵(涉獵)했다고 볼 수 있다.
그가 자유를 억압하는 사회 통념과 위선을 까발려서
그를 따르는 건지도 모른다.
인간은 실은 이건데, 안 그런 척하는 걸 싫어한다.
한국은 자유분방한 사람을 그 안에 가둬 꼼짝 못 하게 한다.

다 함께 가라고 다수가 외쳐 다양성이
기를 펴지 못하고 있다.
그래서 전국이 아파트 공화국이 된 것이다.
한국을 여행하는 외국인이 서울만 구경하고 그냥
가버리는 것도 어디나 같은 아파트 천국이라 그렇다고 본다.

획일화는 인간이 사는 세상을 숨 막히게 하고
황폐하게 만든다.
그리하여 자기 만족감이 사라지고 창의성이 움틀
기반이 닦이지 않는다.
자기 충족이 안 되니 그걸 대신 해소하고자 비이성적이고
광신적인 극단주의(極端主義)에 빠지는 것이다.

사람은 다 다르기에, 사회가 다양성을 포용하고
거기에 가치를 둬, 각자 기질에 맞게 욕구(Aim)를
충족하는 게 건강하고 좋은 사회라고 본다.

언어만이 의사 전달의 수단이 아니다

하루에 신문 네 부(部)를 본다.
여기서 칼럼니스트가 주장한 것처럼,
"새 진용이 차츰 갖춰지고 있는
대통령실에서 근무하는 사람들이
발 빠르게 움직이고 있다."가 정확한 표현이지만
"대통령실이 발 빠르게 움직이고 있다."라고 표현해도
뜻은 통한다.
아니 어쩌면 더 간결하고 세련되고
의인화(擬人化)한 표현이기도 해서
한글의 멋을 더 잘 살린 느낌마저 든다.
언어나 문자는 뜻 전달에 이용되는 한 수단에 불과하다.
뜻만 정확히 전달되면 되는 것이다.
그 역할에 충실하면 끝이다.
'축구 찬다.'도 어법과 논리에 안 맞지만
뜻 전달에 큰 지장은 없다.

이건 여담(餘談)이지만,
지하철 방송에서 뭔가 방송을 하는 것 같은데
'왜 방송하는 걸까?'에 충실한 방송은 많지 않다.

오히려 핵심 내용은, AI가 하는지 어색하고
잘 안 들린다.
이를테면 방송 "4호선에서…"에서, 정작 '4'는 잘 안 들리고
'호선에서'만 상대적으로 잘 들린다.
그럼 다른 노선에 있는 승객까지 공연히 불안하게 된다.
정확한 내용 전달에 실패한 것이다.
"또 사고 났나? 내가 지금 이용하려는 지하철에
무슨 문제가 있어 이러다 약속 시간 늦는 거 아냐?" 하고
승객에게 궁금증과 초조감만 유발할 뿐이다.
다른 구간엔 별 필요도 없고 오히려 사고만 잦은
지하철이란 인식만 심어주는 결과만 초래할 수 있다.
그럴 바엔 차라리 방송을 안 함만 못하다.
승객은 역무원한테 다가와,
"지금, 지하철 안 다녀요?" 한다.
홈페이지에 있는 안전하고 편리한 지하철 모토에도 안 맞다.

다시 돌아와서,
비문(非文) 없이 문법에 맞는 정확한 표현도 중요하지만,
의도나 뜻을 왜곡 없이 신속히 전달하는 게
더 중요하다 할 수 있다.
말이나 언어는 결국 자기 의사를 상대에게
잘 전달하기 위해 쓰는 것 아니겠나.
그런데 주객이 전도될 때도 많다.

언어의 현학적이고 기교적(技巧的) 표현에 치중한 나머지
도대체 무슨 말을 하는지 모르는 것도 많다.
뜻의 전달에 실패한 것이다.
이런 문장은 자기가 아는 게 많고 깊이가 있다는 것을
자랑하는 것에 그 진짜 목적이 있는 것일 수 있다.
그러니 이걸 어기는 듯하면 거기서 전달하려는 의도를
굳이 알려고 노력할 필요가 없다.
뜻 전달이 아니라 다른 음흉한 목적이 있는 거니까.

언어가 그 역할을 제대로 못 하면 제스처를 이용하기도 하고
그냥 가만히 침묵하며 기다리기도 한다.
언어 자체보다 표정과 태도가 상대에게
더 강한 인상을 남기기도 한다.
언어와 눈빛이 불일치하면 상대에 대한
불신을 낳을 수 있다.
어떤 위로의 말도 소용없는 불행을 겪은 사람 앞에서
그저 조용히 곁에서 지켜만 주는 것이
위로라는 자기 뜻을 더 잘 전달할 수도 있다.
그러지 않고 말을 많이 하면 자기가 얼마나 당신에 대해
걱정하고 있는지 알아봐달라는 오히려 불행한 상대가
아니라 자기변명 위주인 것 같아서, 자기 진짜 마음을 전하는데,
실패할 수 있다.
이게 언어의 폐단(弊端)이다.

언어만 뜻을 전달하는 게 아니다.
오히려 언어 때문에 그 뜻이 곡해(曲解)되거나
본래의 의도가 반대로 전달될 가능성도 있다.
언어는 뜻을 잘 전하기 위한 여러 수단 중
하나에 불과하다.

언어 이전엔 언어 없이도 뜻의 전달을 잘했고 오히려
언어가 발명되면서 뜻 전달에 방해만 되거나
언어를 안 썼으면 좋았을 것들이 언어 때문에
그 '관계'가 더 나쁘게 전개되는 경우도 많다.
언어만이 의사 전달의 수단이 아니다.
언어를 빼도, 충분히 의사(意思)를 전달할 건 많다.

인간은 다 현재의 불안을 머금고 산다

인간은 현실을 유추해 막연한 불안감에 살고
–현재가 불안하면 미래의 불안도 증가한다
–여행과 소풍 가는 기대에 부풀어
–그건 가기 전이 더 행복하다
–주로 그걸로 현재를 산다.

이런 설렘과 기대에 부풀어 사는 것을 택한 것은
그런 불안으로 현재를 잘 살아갈 자신이 없기 때문이다.
그래 억지로라도 지옥과 천당을 만들어
현재로 미래를 정의 내리는 것이다.
현재를 어떻게 사느냐에 따라 천당과 지옥이 갈린다.

현재는 그냥 스쳐 지나가는 과정에 불과하다고 생각한다.
그러나 인생은 과거도 미래도 아닌 현재만 존재하는 것이다.

권학문(勸學文)

난 커피를 맛으로 마시는 게 아니고 어떻게 하면

책에 깊이 빠질까로 마신다.

사실 커피 맛도 제대로 안다고 할 수 없다.

솔직히는 숭늉이나 수정과, 감주(식혜)를 더 좋아한다.

주변에서 쉽게 얻을 수 있으니까 그냥 습관처럼

마시는 것도 있고, 오직 카페인(Caffeine)의 힘을 빌려 책에

몰입(沒入), 탐닉(耽溺)하려는 것뿐이다.

밥도 조금씩 먹는다.

너무 많이 먹으면 소화를 위해 에너지가 배로만 가

머리가 잘 안 돌아가

독서에 방해가 되기 때문이다.

대신 허기만 면하려고 조금씩 자주 먹는다.

많이 먹을 땐 잘 자기 위한 것이다.

나는 원체 촌놈이라 구들 아랫목에서 배부르고

등 따습기만 하면 잠이 잘 오는 체질이다.

이것도 숙면(熟眠)이 독서에 필수라 그런 것 같기도 하다.

술도 뭔가 일탈(逸脫)에서 벗어나 다른 시각으로,

새로운 관점에서 세상과 인간을 보기 위해 한꺼번에

코가 삐뚤어지게 마신다.

그러면 미처 몰랐거나 안 보이던 게 보일 때도 있다.

그러고는 한동안 일절(一切) 술은 입에도 안 댄다.

먹을 땐 많이, 안 먹을 땐 제대로 금주하는 것이다.

많이 마시고 한 달 쉬는 것이다.

이것도 저것도 아닌 흐리멍덩한 상태에서

읽는 건 책에 대한 모독이라고 생각한다.

술을 마신 그 에피소드를 글에 인용하기도 한다.

누가 그랬는데 술에 빠져야 진정한, 성숙한

철학(哲學)을 얻는다는 말을 굳게 믿는 것도 있고.

다 책을 위한 행위다.

책을 거의 신적(神的)으로 모시고 있다.

글에 빠져 그래서 난 한글을 너무 많이 사랑한다.

그래 세종대왕에게도 글을 접할 때마다 고맙다고

속으로 되뇐다.

그의 뜻을 기려 맞춤법 같은 것도 안 틀리려고 노력한다.

학문을 권장한 임금이 하나같이

조선이란 나라를 잘 다스렸고 그 시기는 융성했다.

이들은 배움도 배움이지만,

남의 지혜와 재능을 통치에 이용할 줄 알았다.

혼자 뭐든 할 수 있다는 오만을 버린 것이다.

잘 다스리려는 태도와 자세를 갖추었다.
학문(學問)이란 글자 자체를 봐도, 배우면서
남에게 끝없이 물어 대답을 구하는 게 핵심이다.
이들 임금의 주변엔 늘 인재들이 들끓었고,
그런 건 당연히 그들을 임금이 아꼈기 때문일 것이다.
조선 초기엔 집현전 학자를 우대한 세종(世宗)이,
중기 땐 성종(成宗)이,
후기엔 규장각(奎章閣)을 세운 정조(正祖)가 그랬다고 본다.
다른 임금들은 그런 걸 모르겠는데, 이들의 이름 뒤엔
대왕(大王) 자(字)가 아주 자연스럽게 따라붙는다.
왕(王)자를 손바닥에 새겨 스스로 그렇게
참칭(僭稱)하는 자가 아닌, 이들만을 사람들은
조선의 성군(聖君)들이라고 부르기를 주저하지 않는다.
세종대왕, 성종대왕, 정조대왕. 이들처럼,
평가는 스스로 하는 게 아니라 세인(世人)이 하는 것이다.

일단 책(배움)을 멀리하는 국가 지도자는 뭔가
믿음이 안 가고 불안하다.
남이 쓴 책에서 배우듯이 남의 말을 안 듣고
편협한 자기 세계에서 나오기 힘들기 때문이다.
세상사(世上事) 뭐든 상대적이고 유연함(Flexibility)이 힘인데
내게 옳은 것만이 진리가 아님을 깨닫지 못하고
그 안에 빠져 그걸 기준으로 뭐든 재단하려 드니까

해결되는 거 하나 없이, 여기저기서 트러블만 생기는 것이다.
세상 원리가 그게 아닌데 자기 딴에는 오직 그거라며
마구 휘두르니 제대로 되는 일이 하나 없는 것이다.
배움과 자기주장(이루고자 하는 정책이나 신념,
이것도 배움으로 제대로 형성됨)이 없으니
주변의 근거도 없는 주술이나 미혹(迷惑)된 가스라이팅하는
자에게 휘둘려 나라를 즉흥적이고 단세포적으로만
다루게 된 것이다.
박물관에서 코끼리가 그 덩치로 마구 유물들을 파괴하는
격이고, 5살짜리 꼬마에게 권총을 쥐어준 형국(形局)이다.

중요한 건 적어도 배움을 숭상(崇尙)하는,
학문하는 지도자는 그러진 않는다.
그게 너무나 어리석은 짓임을 잘 알기 때문이다.

그러나 사람은 또 팔이 안으로 굽듯이 자신이 책을 안 좋아하면
책을 좋아하고 그것에 기반해 뭔가 대드는 사람을 멀리한다.
그렇게 되면 알량한 그 힘만을 이용해 떨어지는 떡고물만
받아먹으려고, 직언은 안 하고 그 앞에서
교언영색(巧言令色), 미사여구(美辭麗句)만 늘어놓는
간신배들만 주위에 우글거리게 되는 것이다.
그렇게 되면 나라 꼴은 엉망이 되고 대외적으론 국격(國格)도
추락하는 것이다.
이렇게 되면 그동안 잘되던 것도 잘될 리가 없다.
진시황이 분서갱유(焚書坑儒)한 건 우연이 아니다.

인재(人才)들과 같이하려는 게 아니라 자기 맘대로
하려고 했기 때문이다.
자기 독재(Dictatorship)에 그들이 방해만 됐기 때문이다.

그리고 나는 읽고 있는 책에 매일 감사의 절을 세 번 올린다.
나는 신을 믿지 않지만, 몸에 밴 그것으로라도 감사함을
책에 표하려는 내 마음의 발로(發露)에서다.

이 세상에 책이 없으면 어떻게 견딜까?
생각하면 눈앞이 아찔해 현기증이 나고
캄캄한 암흑만이 앞을 가린다.

나는 항상 메모하기 위해 왼쪽 위 주머니에 볼펜과
종이쪽지를 접어서 갖고 다닌다.
군인이 자기 분신처럼 생각하는 소총(小銃)을
항상 휴대하는 것처럼.
이런 건, 글 쓰는 자의 기본이라고 생각한다.

지금까지 주절거린 게 모두 결국
확증편향(Confirmation Bias)에 지나지 않고
나를 변명, 합리화한 것에 불과할지라도
나는 책(배움)을 버리지는 못할 것 같다.
책이 나를 버리기 전까지는.

한국의 평범

한국은 나이에 따라 이미 정해진 코스가 있다.
학교에서 열심히 공부하고 대학 가서 연애 좀 하고
때가 되면 취직, 결혼하고 애 낳고 집 사고
자기가 그랬던 것처럼 애들 공부시키고 노후 대책 세우고
그리고는 조용히 죽는 절차(Procedure).
아주 투명하게 앞날이,
아니 인생 전체가 훤히 보인다.

나이에 안 맞게 딴짓하면 "철 좀 들어."라며
여기저기서 따가운 눈총을 발사한다.
아주 눈과 귀가 따갑다.
코스에서 벗어나면 그 길을 열심히 밟고 있거나 이미
도달한 다수가 뭐라 한마디씩 한다.
왜냐고 물으면, 다들 그렇게 살고
그게 평범한 거고 다수를 차지해서 그렇단다.
"다들 그렇게 평범하게 사는 거야."라며.
다른 무슨 특별한 이유가 있는 게 아니다.
더 솔직히는, 루저나 감히 말 안 듣는 자에게 자신은
다수에 안전히 편입돼서 충고하는 자리에 서려고.

거기에 물들어 안 그러던 나까지도 그 대열에 합류한다.

그러다 보니까 안 그렇게 사는 외국인에게도

그게 무슨 큰 인생 비결, 진리라도 되는 양,

강요하려는 만용(蠻勇)을 저지른다.

누구나 편견은 있다

어릴 적 박정희가 북한 괴뢰도당이라며 겁을 줘
북녘 하늘을 바라보며 "사람 죽는 전쟁만은 제발!"이라고
어린 나는 매일 빌었다.
전쟁이 터져 나와 가족이 죽는 게 무서웠다.
주입과 세뇌가 이렇게 무섭다.
모든 인간은 그가 사는 사회와 문화에 물들 수밖에 없다.
외국 드라마를 보면 이해 안 가는 부분이 많지만,
그래서 연결이 안 되어 결국 재미없지만,
한국 드라마는 뭔가 친근한 것은 이런 이유 때문이다.
K-드라마는 자기 환경에서 자기 이야기를 하기 때문이다.
일단은 인간은 이런 편견이 모두 다 있다는 것을
인정하는 게 중요한 것 같다.
남에게 "이상해. 너무 편견이 많아."하지만 바로
나 자신도 지금의 환경에서 세뇌되고 주입되어
편견 속에서 사는 것이다.

살아 있는 것 자체가, 편견과 함께하는 것 같다.
편견이 사라졌다는 건 죽었다는 의미다.
편견은 안 생길 수가 없는 것 같다.
왜냐하면 남과 나는 늘 함께하지 못하기 때문이다.
함께 자는 부부라도 늘 나와 함께하지는 않는다.

그게 가능하지도 않지만 함께한다고 쳐도

그가 내 마음과 머릿속에까지 들어올 수는 없는 노릇이다.

사물을 대할 때 내가 느끼는 것과

상대는 다를 수 있다.

그리고 그걸 서로 모른다.

편견(Prejudice)이 움트기 시작한다.

이미 자기가 사는 사회에서 세뇌된 다수가

바라는 것과 다른, 소수 의견을 내는

사람을 비난한다.

이 사람만은 정작 편견에서 어느 정도 벗어나 진실에

가까운 말을 하고 있다고 해도.

다수라고 해도 '집단적 어리석음'에 빠져 그들이

그릇된 판단을 할 수도 있다.

소수 의견이라도 진실하고 그게 결국엔 집단을 위해

바른 처방일 수도 있는 것이다.

집단은 심지어 예로부터 성인(聖人)이라고 부르는 사람들의

말을 외면하거나 자신에게만 유리하게 왜곡해

받아들이기도 한다.

우린 누구나 편견이 있음을 깨닫고 다수 의견이

아닌 '인류의 보편적 가치'로 끝없이

나아가야 한다고 생각한다.

이게 조금이라도 편견에서 벗어나는 길이다.

기억은 믿을 수 없다

인간의 기억은 믿을 게 못 된다고 본다.
기억(Remembrance),
자기에게 드문드문 인상 깊었던 것만 한다.
이렇게 되는 건 그 사람의 그 당시의 개인적 사정이나
기분, 아니면 단순한 몸의 상태, 특별한 관심거리, 이런
여러 요소가 작용해 그런 것 같다.

또 다른 사람은 그것에 대해 자기 것만 또 기억하고
아예 그 사건 자체를 기억 못 하는 사람도 있다.
"그런 일이 있었어?" 하고 딴소리한다.

이래서 인간은 정확하지 않고 자기 위주라고 본다.
한 인간을 통해 그 사건의 진실에서 왜곡이 일어나는 것이다.
자기가 받은 임팩트(Impact)한 것만 기억하고
그 전체의 줄거리나 결말도 기억하지 못한다.
그때 받은 느낌(Image), 분위기, 관계 사이에 이는 공기(Aura),
심지어 냄새, 이런 작은 게 그때의 진실과 매칭될 뿐이다.
이러니 기억이 주관적이라고 하지 않을 수 없다.

우리가 전에 본 영화에서도 그 영화에 대한 강한 인상만
자기 머릿속에 남아 있을 뿐이다.
그 영화를 다시 보면 분명 전에 본 것인데도,
"이런 장면이 있었나?"하고 스스로 놀라기도 한다.

관심 있어야 소중히 여긴다

뭐든 자신이 관심을 두고 그것에 관해 깊이 연구하면
그것을 아끼게 되어 있다.

한 화가에게 그림에 대해 혹평하면 그걸 자신이 진정으로
아끼기 때문에 "그림에 대해 X도 모르는 새끼가
내 작품에 대해 뭐를 안다고 함부로 주둥이를 놀려!"
이렇게 심하게 욕까지는 아니더라도 그렇게 말한 사람에게
칼이라도 들고 당장 죽일 것처럼 덤벼들 것이다.
모름지기 예술가란 인간들은 입보다는 행동이
앞서는 법이니까.
아끼면 아낄수록 그 반응도 더 센 법이다.

뭔가 뜻을 갖고 운동을 열심히 하는 사람에게
별로 운동도 안 하며 피둥피둥 살찐 사람이
"야, 운동에 미쳐 뭐 하는 거냐? 운동도 자기 건강을 위해
하는 거지, 그렇게까지 몸을 축내가며 할 일이냐?"
틀린 말은 아니더라도, 그 둘은 그 후부터
다시는 안 보는 사이로 전락할 것이 거의 확실하다.

누구나가 다 자신이 아끼고 관심 가지는 것에 의미를 주고
그것에 대해 무한한 애정을 품는 법이다.
그것에 대해 공부도 많이 해 알기도 많이 알 것이다.

인생에 대해서도 그렇다.
평생 사람과 인생, 세상에 대한 글을 쓰는 작가는
그가 비록 결론으로 허무주의자가 되고 염세주의자가
되었어도-인생에 대해 대단히 시니컬해도-전혀
삶에 관해 깊이 연구하지 않고 생각하지 않은
사람보단 아낄 것이다.
작가가 결국 허무주의자라도 전혀 인생에 대해
생각하지 않은 사람보단 더 인생을
잘살려고 애쓸 것이다.
왜냐하면 뭐든 인간은 자신의 관심에 비례해
그걸 아끼기 때문이니까.

자유가 최고

유명하고 영향력 있는 인간은
자기가 하고 싶은 말을 맘대로 못 한다.

나 같이 별 볼 일 없는 인간만이 맘대로
이렇게 말을 함부로 할 수 있는 것이다.

지금 내 상태로 보면,
절대 그럴 리도 없지만 그래서 나는 유명해지기 싫다.
다 귀찮다.
잘못하면 나를 헐뜯기 위해 벌떼처럼 달려들 것이다.
난 사람 사이에 엮이는 게 제일 싫다.

나는 지금, 이 자유가 너무 좋다.
이걸 대신할 수 있는 건 없다고 본다.
그 무엇 때문에라도 난 이 자유를 절대
포기하지 않을 것이다.

이별

누구나 세상은 혼자 왔다 혼자 가는 것 같다.
그러나 이승에서의 인연으로 그 헤어짐을 만날 때
마음이 쓰라리고 아프다.
그게 비록 말이 통하지 않는 짐승이라도 헤어짐은
우리를 슬프게 하고 고통에 빠지게 한다.
내 몸 한쪽이 떨어져 나가는 것처럼 아프다.

누구나 그걸 겪어야만 안다.
기르던 개나 고양이가 죽이면 겪어보지 않은 무심한 사람은
"다른 걸 사면 되지?"하고 말하지만, 그게 자식 같아
그러질 못한다. 자식이 죽었는데 어떻게 다른 사람으로
그 자리를 채울 수 있단 말인가.
그러지 못한다.
뭐든 사람은 다 겪을 수는 없으니까 그것을 겪은 사람을
다 이해하지 못하는 것 같다.
그럴 수 있다.
자기 입장에선 쉽게 다른 것으로 바꾸면 되지 않느냐고
하지만, 그 말로 나는 더 큰 상처를 받는다.
그는 그걸 겪어보지 않았기 때문이다.
그러나 큰 강점이 있다.

살아 있는 것과 같이 살았지만, 그 이별로 고통을 느끼니까
남에게 무해(無害)하고 마음이 착한 사람이다.
비록 헤어지더라도 같이 산 그 추억을 머금고
현실의 시름과 고달픔을 견딜 수 있는 것도 있다.
좋은 것과의 추억을 되새기며 잠시나마 현실의 설움을 잊고
미소를 띨 수 있어서.
그는 나를 다시 미소 짓게 하는, 추억을 남긴 채
내 곁을 떠난, 내겐 더없이 소중하고 고마운 존재였다.
누가 뭐래도, 그렇다.

그럼에도 인생은 회자정리(會者定離),
거자필반(去者必返)이라고 만나면 헤어지고 헤어지면
다른 인연을 또 맺는 것이다.
거듭 새로운 인연으로 이어지는 것이다.
즉, 인다라망(因陀羅網)의 원리다.
그게 인간 삶의 모습인 것 같다.
만나면 헤어지고 헤어지면 다시 만나고, 동시에 삶은
혼자 와서 혼자 가는 것. 공수래공수거(空手來空手去),
빈손으로 왔다 빈손으로 가는 것.
이게 불완전하고 어떻게 해도 현실에서 충분히 만족하지
못하는 인간의 숙명인지도 모른다.
혼자 와서 혼자 가지만 또 동시에, 사는 동안엔
서로 인연(因緣)으로 엮여 있다.
나만 그런 게 아니라 인간이라면 누구나 다 그런 것 같다.

현실을 무시하면 일이 꼬인다

남자는 처음에 발동이 걸려 빨리 꺼지고, 여자는
처음엔 별로였다가 나중에 불탄다.
연애도 비슷한데 여자는 나중에 끓어오른다.
남자의 사랑으로 시작해 여자의 사랑으로 맺어지는 것이다.
섹스도 처음엔 시큰둥하다가 나중엔 여자가 더 매달린다.

이런 남녀의 차이점을 무시하게 되어 아마도
연애도 줄고 결혼도, 출산도 주는 것일 것이다.
아니라고 해도 현실엔 분명히 차이점이 있다.

이상만 좇고 현실을 무시하면 일이 꼬이기만 하고
잘 안 풀린다.
인간이 사는 세상은 그 진리가 모순이라 반드시
필요악이란 게 사라지지 않고 엄연히 존재한다.

빈둥지 증후군 극복

빈 둥지 징후군(Empty Nest Syndrome)을 국어사전에서
검색하면 이렇게 나온다.
"중년에 이른 가정주부가 자신의 정체성에 대하여
회의(懷疑)를 품게 되는 심리적 현상.
마치 텅 빈 둥지를 지키고 있는 것 같은 허전함을
느끼어 정신적 위기에 빠지는 일을 말한다."라고.

자신이 돌보던 자식이 갑자기 독립해서
나가게 되면 지금까지 그것에만 의존해서 살아와서 뭔가
공허함과 삶의 덧없음을 절감하는 순간이 다가온다.
심하면 삶에 대한 의욕도 잃을 수 있다.

내가 지금까지 애쓰고 노력한 것이 물거품이 된 것 같고
어느 순간 "나는 지금까지 무엇 때문에 살아왔는가,
내가 바란 건 이게 아닌데."라며 삶의 의미에
강한 의문이 들면서 실존적 허무에 빠져
모든 게 다 부질없다는 생각이 드는 것이다.
"길러준 은공도 모르고, 자식도 다 소용없어."
라는 말이 절로 나오는 것이다.

자기 손길로 주변을 직접 챙겨야 했던 것들이 갑자기
사라져 적막하고 공허한 것이 내가 더 이상 필요가
없어진 것 같아 살아갈 이유까지 사라지는 것이다.
텅 빈 곳에 혼자 덩그러니 허탈하게 서 있는 꼴이다.

한국은 너무 가족 중심주의로 흐르는 면이 있다.
이것에서 벗어나 가족을 돌보는 동시에 자신이 진정 원하는 것,
좋아하는 것도 관심 가지고 실행에 옮긴다면
가족에게만 기울어져 생기는
'빈둥지 증후군'도 차츰 사라질 거라고 본다.
가족(특히, 자식)에 대한 간섭과 집착을 자신을
향한 관심으로 바꿔야 그게 가능하다고 본다.

가족끼리 서로 도우면서도 자신도 동시에 돌봐
자기 자신을 찾아 사회에서 자기를 구현하는 것이다.
그러면 그걸 보고 자란 자식은 자연스럽게 독립심도
길러질 것이고, 가족에게만 의지한 것에서 오는
부작용도 줄어들 것이라고 본다.
원래, 자식은 부모가 하라는 것은 안 하고 부모가
자신을 실현하는 모습은 똑같이 따라서 한다.
왜냐하면 부모가 자식에게 하는 잔소리는 (영혼 없는)
자신의 희망 사항일 뿐 생활 습관이 아니기 때문이다.
그런데 대개 부모의 주문은 자식의 개성을 살리기보다

자신이 못 이룬, 가능하면 편하고 주류(主流)에 편입해
되도록 남 위에 군림(君臨)하는 삶이기 일쑤다.
자식을 바꾸고 싶으면 자신의 습관부터 고쳐야 한다.

미국이 부부 중심이라면, 한국은 어머니를 중심으로
한 가족 중심이다. 특히 자식 중심이다.
그게 장점도 있지만, 단점도 분명히 있다.
뭐든 가족 이데올로기에 가족주의니까 시험지 유출과
같은 용납하기 어려운 사건도 끊이지 않는 것이다.
남의 지식은 어떻게 되든 말든 자기 자식만
잘되면 상관없다는 심보다.
결국 남의 자식을 밟고 올라서라는 주문이다.
한국 영화나 K드라마까지 너무 기승전 가족으로
귀결되니까 자식을 위한 거라면 불법도 서슴지 않는
시험지 빼돌리기 같은 부작용이 속출하는 것이다.
한국 사회엔 가족을 위한 거니까 어쩔 수 없다고
용인되는 이상한 기류(氣流)가 형성되어 있다.

내 자식이 귀하면 남의 자식도 귀한 법이다.
전엔 자식 자랑은 여덟 달만 채우고 나왔다는
팔불출(八不出)들이나 하는 짓으로 경계(警戒)했는데,
오죽 자신이 못나고 부족하면 자식으로
채우려 한다는 편법(꼼수)을 조상들은 이미 간파한 것이다.

자신의 치부를 만천하에 공개하는 거라
부끄럽다고 여긴 것이다.
그 당신엔 자식에 대한 겸양(謙讓)의 미가 존재했지만
언제부턴가 뻔뻔해지고 낯이 두꺼워졌다.
SNS처럼 모여서 하는 대부분의 대화도, 자식 자랑
같은 허세(虛勢)로만 구성되어 거의 시간 낭비 수준이다.
'자식 자랑 경진대회'가 연상될 정도다.
자신의 결핍을 자식으로 메우려는 것이라 소기의 목적도
달성하기 어렵거니와 바람직한 방향이라고 보기도 어렵다.
그리고 또 자신의 흠결은 자신만이 치유할 수 있는 것이다.
자식을 통한 대리 충족은 아무래도 한계가 있다.

자식 삶에 부모가 너무 개입하면 자식도
순전한 자기 노력이 아닌
엄마의 도움(잔소리, 자식을 통해 대리만족하기
위한 것에 불과하다. 여기에 자식도 희생된 것이다)으로
얻은 것이라 만족하지 못하고
엄마도 자기가 아닌 자식을 통한 자기 한풀이여서
불만족할 수밖에 없다.
온전히 자신의 실패와 피땀으로 이룬 것이라야
진정한 만족과 애정이 생기는 법이다.

단순 가족 우선주의에서 벗어나 지역 공동체로

확대해 그 빛을 더 밝혔으면 한다.

교과서에도 나오지만, 우리나라 전통 풍속(風俗)으로

두레나 품앗이가 있었다.

어려울 때 서로 돕는 아름다운

우리나라 고유의 미풍양속(美風良俗)이다.

우리 민족은 이미 가족에 대한 사랑을

마을 공동체로 확대해 승화시킨 전력(前歷)이 있다.

한 예로, 부락(部落)에서 상을 당하면 아무리

농번기라 해도 팔 걷어붙이고 모두가 상갓집으로 향했다.

우리나라 특유의 가족주의도 어쩌면 고유의 에너지인데

그냥 버릴 게 아니라 공동체로 확장, 부활했으면 한다.

그렇게 되면 요즘 문제가 되는 '묻지 마 범죄'도,

자신도 어려울 때 도움을 받을 수 있다는 믿음으로

차츰 사라질 거라고 본다.

빈 둥지 증후군 극복으로 얻을 수 있는 것	
	• 삶에서 가장 중요하다 할 수 있는 자신을 찾고(정체성 회복) 자기를 구현할 수 있다.
	• 자식에게 자신이 주체적으로 사는 모습을 보여줘 자연스럽게 독립심도 길러줄 수 있다.
	• 자신이 살아온 삶에 대한 회의와 허망함에서 벗어나 인생 후반을 보다 활력 있게 영위할 수 있다.
	• 자기 자식 중심에서 공동체 중심으로 바뀌어 시험지 유출, 묻지 마 범죄 같은 사회문제도 차츰 해결될 거라 본다.

진심의 방향

그것에 진심(Heart)이 아닌 사람은 가다가 멈춘다.
남의 말을 중간에 듣는다.

그러나 그것에 진심인 사람은 중간에 안 멈추고
남의 충언, 고언(苦言)도 무시하고
다만, 자기 스스로 나락으로 떨어진다.
그런 후에야 그만둔다.
아니, 이제 자기 진심을 향해 더 갈 수도 없게 된 것이다.

나중에 생각해 보면 아마 그는 그걸 하며
그 나락으로 떨어지는 것 자체가 진심이지 않았을까 하고
생각하기도 한다.
그 진심인 걸 하며 자신이 완전히 망가지거나
생을 마감하기도 한다.
요절한 천재들이 대개 여기에 해당하는데,
어쩌면 자기 좋은 걸 하나 죽어, 행복한 마감을
한 거라고 말하는 사람도 있다.

이게(진심의 방향) 좋은 쪽으로 쓰여 자기를

그 에너지로 승화해 자기만의 불멸의 작품을 나으면 좋다.
그런데 그 진심이 안 좋은 것이면,
그는 불행한 자기 팔자에 놀아난 것이다.

지금, 내 진심의 방향(Direction)은 어떤가?

집 착

결론부터 말하면 집착은 사라지지 않는다.
다소 옅어지거나 짙어질 뿐이다.
아예 없어졌다는 건 사람이 죽었다는 의미다.
집착(執着)은 인간 생명과 함께한다.

집착은 식욕이나 성욕처럼 거의 인간 삶과 같이하는
본능에 가깝다.
그걸 좋게 사용하면 좋은 결과를 낳을 수 있다.
어떻게 해도 사라지지 않는 건 없애려고 하는 대신
잘 활용하고 심지어 즐기는 편이 낫다.
"오, 내게 집착이 또 찾아왔어."
"피할 수 없으면 즐겨라!" 하면서.
감히 집착을 버리려고 하는데, 그 버리려고 하는 것 자체도
집착이다.

집착은 욕망이나 자기 의지, 열정 같은 게 좀 과한 것이다.
어떤 에너지의 방향이 지나치게 한쪽으로만 기운 것이다.
그것으로 인류 문명과 문화가 발전했다고도 볼 수 있다.
집착이 없었다면 아마도 인간은 멸종하고 말았을지도 모른다.

걱정한다.

걱정을 달고 산다.

거듭된 걱정과 불안은 생존을 위해 인간 DNA에 박혔다.

요즘 연일 폭염(暴炎)으로 견디기 힘들다.

그래 대개는 더운 것만 생각한다.

부정적인, 나쁜 것만 생각하는 것이다.

원시 시대, 맹수를 맞닥뜨릴까 두려워

그 공포, 불안에 대비하고 집착으로 결국 미리 준비하는

유비무환(有備無患) 같은 금언(金言)까지 만들어 인류는

맹수로부터 살아남아 만물의 영장이 되었다고도 할 수 있다.

인간은 더우면 더운 것만, 추우면 추운 것만 기억한다.

안 좋은 것만 생각하는 것이다.

그러나 다른 관점으로 보면 안 좋은 면만 있는 것도 아니다.

더우면, 상쾌하고 기분 좋은 봄가을보다 사실 감기에

덜 걸린다는 이점도 있다.

좋은 점이 분명히 있다.

이러는 건 인류가 살아남기 위해 우선 안 좋은 면만

기억해서 대비했기 때문이다.

그래야 생존에 유리하기 때문이다.

그 결과 걱정했던 게 실제 일어날 확률은 5%도 안 된다.

이러니 걱정일랑 붙들어 매셔도 되는 것이다.

거의 다 쓸데없는 기우(杞憂)에 불과하다.

이처럼 집착도 안 좋은 면만 생각하니 그 말이
부정적인 이미지로 굳어졌지만 집착하고 몰입했던
에디슨, 아인슈타인 같은 과학자나 예술적 창조에
거의 미치다시피 한 카뮈, 베토벤, 클림트 같은 예술인들에
의해 인류는 위대한 문명과 찬란한 문화를
꽃피운 것도 사실이다.
집착을 좋은 방향(Direction)으로 쓴 경우다.
동시에 또 세상에서 일어나는 사건 사고는 모두 장단점을
내포하고 있다는 점도, 거의 진리에 가까움을
명심할 필요가 있겠다.

부고장(訃告狀) 날아오는 것을 보면,
여름과 겨울보다 봄가을에 사망자가 더 많고,
자살자가 전쟁 중에 거의 없다는 건 아마도
주변의 환경이 열악할수록 생존에의 의지와 긴장,
걱정, 불안, 집착이 작용해 그럴 것이다.
이처럼 장점엔 단점이 반드시 들어 있고,
단점에 장점이 반드시 들어 있다.

인간에게 나타나는 부정적이라고 칭하는
감정들도 실은 생존을 위해 생겨난 것이리라.
아마도 인간에게 날개와 꼬리가 없어진 것처럼
생존에 별 도움이 안 되면 그것들도 퇴화(退化)할 것이다.

퇴화가 아직 진행 중인 털처럼,
그때까지 그냥 붙들고 가는 수밖에 없다.
사라지지 않는 걸 갖고 걱정하는 건 하늘이
무너질까 봐 두려워하는 기우와 다를 바 없다.

한국은 자식에 대한 부모의 집착이 이미 그 도를 넘어섰다.
그래서 자기 자식만 잘되면 그만이라는 집착으로
시험지 유출 같은 사건도 발생한 것이다.

집착을 없애는 것보다 더 중요한 것은
그 집착의 '방향'을 어떻게 잡을 것인가에 있다고 본다.
그저 자기 자식만 가능하면 편하게 주류(主流)에 끼고
그들의 위에서 군림하는 방향으로 부모는 자식에게 집착한다.
그러나 자식은 부모가 하는 말은 안 듣고
부모가 하는 것만 그대로 따른다.
자기는 하지 않거나 하지도 못하면서 영혼 없이
자식에게 대리만족(결국, 자기만족)으로 시킨다고 반발한다.

그것보단 자식의 개성과 기질(氣質)을 살펴 그가 진정으로
뭘 원하고 좋아하는지 파악해 그걸 곁에서 조용히
지켜보면서 응원과 격려를 보내면 부모 노릇은
거의 다 했다고 본다.
오히려 자기 방향(철학) 없이, 통념에만 의지해

주변의 영향을 받아 사회에서 그저 다수에 편입하도록
간섭하고 집착하니까 엇나가고 문제가 생기는 것이다.

사실 인간 사회에서 이 방향(Direction)을
어떻게 잡느냐가 제일 중요한 것 같다.
AI 시대에 그게 아무리 인간을 편리하게 해도 AI에
잘못된 방향을 탑재하면 인간을 죽이려 들지도 모른다.
인간과의 전쟁도 불사할 것이다.
개발과 성장, 환경, 분배 등에서 방향을 잘못 잡아서
난개발과 성장 위주로 흘러 기후 위기를 낳아 지금
온 지구가 펄펄 끓는 지경까지 왔다.
방향을 잘못 잡았기 때문이다.
이 방향은 어떤 정치를 선택하느냐와도 관련이 깊다.
그 결과 지금에만 집착하고 나중을 생각 안 해서
그렇게 된 것이다.
무엇을 하든 "내가 지금 이걸 왜?"하고 스스로 물으면서
해야 한다고 본다.

그저 곁에서 사랑으로 관심을 가지고 지켜보며
자식의 타고난 기질을 살려주고 밀어주는 것에 보탬이 되는 게
진정한 부모 노릇이라고 생각한다.
집착이나 간섭이 아니라 끝없는 사랑과 관심이다.
그렇게 되면 자식도 자기를 찾아내서 자기가 좋아하는 것을

하므로(진정한 자아실현) 순전한 자기 인생을 살아 그 속에서
행복을 만끽할 수 있다고 본다.

공자도 잘하는 사람은 좋아하는 사람만 못하고
좋아하는 사람은 즐기는 사람만 못하다고 했다.
공부 잘하는 애들은 그 공부를 즐기면서 한다.
부모의 간섭이나 집착으로 잘하는 게 아니다.
잘하는 애들은 자기 기질을 찾은 애들이고,
체질을 안 부모가 끝없은 사랑을 담아 응원해 준 결과다.
재능(Ability)과 체질, 적성(Aptitude)의 발견이 먼저지,
그저 남들처럼 되게 하려는 욕심과 집착에서 비롯된
참견이나 간섭이 아니다.
그 애들은 공부가 재미있어 그걸 하면서 행복할 것이다.
공부가 안되는 애들은 자기 특기와 재능을 살려
예체능 쪽으로 가면 된다.
좋아서 시간 가는 줄 모르고 깊이 빠지는
분야를 찾아내 길러줘야 한다.

부모가 집착할 것은 엄친아(엄마 친구 아들)로
만들기 위해 비교하며 "넌 왜 그 모양이니?" 하면서
닦달하는 게 아니라 먼저 자기 자식의 숨은 재능을
찾아내고 살려 칭찬하고 격려하고 지원, 응원해 주는 것이다.
그리고 한없이 관심을 놓지 않으면서

오로지 사랑으로 자식을 대하는 것이다.
자식 잘 기르는 해법은 은근한 관심과
무한 사랑밖에 없는 것 같다.
언젠가 커가면서 자식에게 위기가 닥쳤을 때, 그 애가 거기서
훌훌 털고 다시 일어설 수 있는 것도 집착이나 간섭이 아니라
부모의 은밀한 관심과 한없는, 무조건적 사랑일 것이다.

인간이 살아 있는 한, 사라지지 않는 집착의 방향만
잘 잡고 그 집착을 좋은 쪽으로 활용하면
누구나 인생을 성공적으로 이끌어갈 수 있다고 본다.

좋다고 사람들이 꼬이는 건 아니다

사람들이 유익하다고만 꼬이는 게 아니다.
그건 그저 학교에서 배워 이젠 지겹다는 것이다.
애들이 달콤한 불량식품과 마약과 도박에
빠지는 걸 보면 안다.
안 좋지만 필요한 필요악(必要惡)이
인간 사회에선 여전히 활개를 친다.
그건 인간 역사와 함께했다.

신문같이 권위적인 게 좋은 것만은 아니다.
자기 위치가 있어 맘대로 자기표현을 못 한다.
약간 낮은 수준의 유튜브가 차라리 낫다.
여기선 맘대로 표현할 수 있다.
거기 가면 더 솔직하고 진실을 들을 수 있어,
사람이 더 꼬인다.

신문은 지당하시고 좋은 말씀만 하지만 사람들이
꼬이지 않아 돈을 못 번다.
그래 그들은 그 권위만 먹고 사는데, 인간은 또
현실을 무시하지 못해 돈이 안 들어와 그런 신문은

서서히 말라갈 것이다.

나중엔 아예 말발이 전혀 안 서 그 누구도 안 듣는
쇠약한 늙은이의 말이 될 것이다.

우 연

우선 나는 언제부턴가 미신을 믿지 않고 종교도 안 믿는다.
아니 처음부터 믿을 생각이 없었던 것 같다.
그런 영적(靈的)인 건 나와 안 맞아서 그럴 것이다.

종교 때문에, 개인은 신이란 절대자에게 절대적
복종을 통해 안정을 찾을 수도 있다고 본다.
인간은 독립적이고 주체적으로 사는 것을
권장해 주장하다가도 어딘가에 소속되고 강력한 어떤 것의
그늘에서 안정을 찾는 면도 없잖아 있다.
품 안에서 엄마에게 전적으로 의존해 있을 때가 우린
가장 인생에서 행복한 순간으로 대부분 기억하기 때문이다.
박정희 같은 독재자 시절을 향수로 여기고 "그때가 좋았는데!"
하며 그리워하는 수구(守舊) 계층을 봐도
인간에게 이런 면이 없지 않다는 것을 알 수 있다.

인간 중엔 안정 희구형이 있고, 어떤 통념 속에 사는 것에
숨이 막혀 몸부림치는 형이 있다.
반골 기질이 있는 것이다.
주류나 권위, 기득권에 반기를 들고 도전해

거기서 벗어나 맘껏 자유롭고 싶은 것이다.
안정과 저항이 뚜렷이 구별된다기보다는 어느 쪽으로 더
기울어 있나 하는 정도의 차이가 있는 것이다.
사람 체질에 따라 다른 것이다.
괴테가 『파우스트』에서,
"인간은 노력하는 한, 방황한다."라고 했는데
안주보단 방황을 택한 건, 자신의 지향점을 향해
적어도 현재 더 노력하고 있다는 건 분명해 보인다.
매슬로의 욕구 5단계에서도 소속 욕구보단 저항이나
반감 등의 개념인 자아실현(自我實現) 욕구가
상위에 있는 걸 봐도 알 수 있다.

제도 안에 틀어박혀 그 안만 볼 수 있다는 생각이 들어
그 틀이 내 숨을 막아 나는 신이란 존재를
안 믿는 것인지도 모른다.
그리고 그게 뭐라고, 종교적 이념 때문에 전쟁을 일으켜
많은 사람을 죽이는 만행을 저질러놓고도 뻔뻔한 것도
종교여서 거기에 아주 안 좋은
이미지가 내게 다가와 그런 것인지도 모른다.
자유로운 영혼(Free Spirit)으로 나는 그저
자유롭게 살고 싶을 뿐이다.
생각에서 방해받는 건 다 쳐내고 싶다.

서론(序論)이 길었는데,
하여간 우연(偶然)으로 일어나는 일은
그냥 어쩌다가 그런 것이고 확률적으로
그렇게 된 것이라고, 생각한다.

사람이 벼락 맞아 죽고 태풍으로 높은 건물에서 떨어진
간판에 머릴 맞아 죽고, 멀쩡하게 횡단보도(橫斷步道)를 걷다가
음주 운전이나 뭔가 사회에 불만을 품은 자가
'묻지 마 범죄'로 난폭 운전을 하다가, 아니면 80대 노인의
순발력 부족 또는 급발진으로 치어 죽는 건 그 사람에게
무슨 잘못의 과보(果報)가 작용해 그렇게 된 게 아니라
그냥 우연 때문에 그렇게 되었다고 보는 게 내 입장이다.
벼락 맞아 죽은 놈은 내 저주(Curse)나, 기도(祈禱)가 먹히거나
죄가 많아 그렇게 된 게 아니라
그저 우연히 벼락 맞아 죽는 것뿐이다.
그가 죽은 건 아무 의미가 없는, 그냥 우연히 일어난 일이다.
그냥 재수(財數)가 없어서 그렇게 된 것이다.

반대로 그가 지금 잘나가는 건 전생에 나라를
구해서 그런 게 아니라,
그는 우연히 그렇게 태어나서 그렇게 되었다고 보는 것이다.
운칠기삼(運七技三)이라고 그의 노력이나 재능이 삼 할이고
나머진 운, 우연이 칠 할을 차지해 그렇게 지금

잘나가는 거라고 본다.
자기가 잘나게 태어난 것도, 그저 운(運), 우연의 일치로
그렇게 된 것이니 건방 떨 것 없다.

그러나 나는 이왕 벌어진 우연엔 큰 의미를 둔다.
다른 여자가 아니라 왜 하필 그 여자를
거기서 만났나 하는 것에.
인간 사이의 우연, 인연(因緣)을 소홀히 하지 않겠다는 것이다.
옷깃만 스쳐도 인연이라고 생각하는 것이다.
비록 헤어지고 이혼하더라도 그는 내 인생에서
한 획을 그은 사람이다.
어쨌든 나와 내 인생에 지대한 영향을 끼친 사람이다.
그와의 그 부분만 내 인생에서 도려내 지우려
할수록 더 생생하기만 할 것이다.

그런 인연은 없었더라면 더 좋은 거지만, 그래도
그런 것도 다 내 인생을 구성한 요소였다.
아예 묻어버리고 무시한다면 자신의 인생 전체까지
그렇게 취급받는 것이라고 보는 것이다.
자기 인생을 한없이 소중히 생각해야 한다.
인생과 사람에 대해 깊이 관심 가지고
연구, 공부할 필요가 있다.
인생도 다른 것과 마찬가지고 관심을 두지 않으면

소홀히 생각하기 쉽고 어리석게 아까운 시간만
허비하게 되는 꼴이 될 수도 있다.

이왕 벌어진 일에 큰 의미를 둔다는 것이다.
우연으로 그렇게 만들어진 것, 타고난 성질, 체질, 성정,
기질 같은 것에 의미를 두고 소중히 생각한다는 것이다.
나는 이렇게 태어났고 인생길을 걷다가 우연히
이런 여자를 만났고 내게 이런 애들이 태어났고,
하는 것에 큰 의미를 두는 것이다.

우연히 일어난 거지만 큰 의미가 있다고 보는 것이다.
어쩌면 인간은 '의미의 동물'이라고 할 수 있다.
인간은 자연의 법칙으로 그렇게 된 것인데도 어떻게 해서든지
거기에 의미를 부여하려고 무진 애를 쓰는 동물이다.
이를테면,
자신이 비참한 처지에 놓였을 때, 떨어진 꽃이
비에 젖어 사람들의 발길에 마구 치이는 걸 보고 마치
자신의 처지인 양 감정 이입(感情移入)하는 게
인간의 의미 찾기다.
떨어진 꽃잎은 자신과는 아무런 상관이 없는데도 말이다.
한 일에도 의미를 두고, 앞으로 할 일에도 억지로라도
명분을 만들어야 직성이 풀리는 게 인간이다.

필연이 아니라 우연으로 만나고 태어나고, 그런 이유여서

무시해도 좋은 게 아니라 소중하다고 생각하는 것이다.

어쩌면 인생은 우연들의 직조(織造)로 구성된 것인지도 모른다.

우연히 만난 여자에게 의미를 두고 소중히 생각하고

내가 이렇게 태어난 것에 의미를 두고 그냥 두지 않고

원망도 안 하고 이왕 이렇게 된 거 잘 써보자는 주의다.

이렇게 주어진 이걸 가지고 잘살아보자는 것이다.

전생(前生)도 없고 내세(來世)도 없고 오직 죽으면 동물처럼

먼지가 되어 끝인 현세(現世)를,

내게 우연으로 주어진 것을 갖고

한바탕 잘살아보자는 주의(主義)다, 나는.

벼락 맞아 죽은 경우

내가 생각하는 우연	• 업보가 작용한 게 아니라 그냥 우연히 일어난 일이다.
	• 그러나 비명횡사했으므로 그 죽음이 참으로 안타까운 죽음이었다고 연민 같은 인간적 의미를 둔다.

우연에 뭔가 가해서 바꿔보려고 하는 건

어리석고 쓸데없는 짓이라고 생각한다, 나는.

기우이고 기우제(祈雨祭)와 다를 바 없다고 생각한다.

불안의 작용이고, 인간의 바람일 뿐이다.

인간만이 영혼(靈魂)이 있고 영장(靈長)이라고
생각하는 건 오만에 불과하다.
그저 인간도 죽으면 여기저기 널려 있는
물건과 비슷한 동물의 사체(死體)에 불과하다.
무슨, 시신(屍身)에서 혼령이 빠져나가 자기의 죽은
몸뚱이를 슬픈 눈을 가지고 지그시 지켜보는 게 아니다.
그런 일은 일어나지 않는다.
그냥 죽으면 썩어 문드러지는 것이다.
우린 인간이기 이전에 동물이기 때문이다.
우연은 그냥 우연일 뿐이다.
아무 의미가 없다.
그냥 어쩌다 그렇게 된 것이고 자연법칙에 지나지 않는다.

차라리 "이왕 일어난 일, 어쩌겠나?" 하며
그 결과를 받아들이고 일어난 일, 그 자체에 의미를 두고,
원망, 불평 자제하고 소홀히 안 하는 게 낫다고 본다.
나도 세상에, 여자도 내게, 아이도 우리 곁에
모두가 다 우연히 온 것이다.
우연히 온 거라도 거기에 책임을 지는 게 인간적 도리다.
우연을 감히 바꿔보려는 그 노력과 열정, 에너지를
전환해 이미 일어나 내게 주어진 일을,
세상과 잘 조화(調和)시키는 게
훨씬 실용적이고 현명하다고 본다.

자기에게 맞는 작품을 읽어라

세계적 명작이라고 이해도 안 가며 남는 것도 없는 작품을
억지로 읽을 필요는 없다.

이런 작품은—도대체 뭘 읽었는지는 모르지만—
명작을 읽어봤다는 자기 위안과 남에게 자랑하려는
그런 것 외엔 과연 뭘까?

차라리 자기에게 피가 되고 살이 되는 작품을 자꾸
반복해 읽는 게 낫다.
그것에서 삶의 깨달음을 더 얻을 수 있다고 본다.

진정한 행복

결론적으로 말해 사람 사는 이승에선 '진정한 행복'은
없다고 본다.
그게 있다면 진정한 행복의 왕국인 내세(來世)와
천국을 왜 인간들이 만들었겠나.
이게 이승에선 어름도 없으니까 그걸 채울 수 있는
가상을 만들어 그리로 갈 희망을 품고
현세에선 그런대로 감수하며 불만족한 채 사는 게 아닐까.
현세에는 그냥 거기에 가까이 가는 미흡한 행복만으로
만족하며 사는 것 같다.
아무리 부자나 절대 권력을 가진 황제라도
자기 삶에 대해 만족하지 못한다.
현실에선 '진정한 행복(Pure Happiness)'은 없다는 것이다.
작은 거라도 인간인 이상, 불만을 품게 되어 있다.
"난 완벽한 인간이고, 완전한 행복을 계속 누리고 있어."
라고 남에게 자랑삼아 말할 수 있을지는 모르지만
속마음까지 그렇지는 않을 것이다.
그렇다면 그는 자신을 속이는 자기기만에 빠진 것이다.
불만족 속에 사는 건, 인간의 숙명인지도 모른다.
인간의 실존이고 굴레, 인간의 원죄(原罪)다.

인간은 현실에서,

원하는 대학이나 입사 시험에 합격하고

자기 이상형을 만나 결혼에 골인해도 6개월이면

그 기쁨은 온데간데없이 사라지고 새로운 문제 때문에

골머리를 앓기 시작한다.

현실 행복의 유효기간은 반드시 온다.

행복은 영원하지 않다.

살아 있는 한 진정한 행복도 없다.

그래 불교에선 삶을 생로병사(生老病死)의 질곡(桎梏),

결국 고해(苦海)로 점철(点綴)된 것이라고 하고

그것을 벗어난 걸 해탈, 열반, 피안(彼岸)이라 해,

그런 고통의 현세를 번뇌로 가득한 사바세계라고 했다.

고통의 현세와 그걸 극복한 이상향을 구별한 것이다.

현실에서 도저히 안 되니까 이걸 이룬

영적(靈的) 공간을 따로 만든 것이다.

그래야만 진정한 행복이 없는 현실을 견딜 수 있어서다.

인간이 이승에서 아무리 해도 만족하지

못하는 건 인간이 마음, 감정을 가져 그런 것 같다.

마음이 없는 동물은 그냥 본능에 따라 움직이지

불만을 품거나 불행하다고 생각하지 않는다.

다리 하나가 없는 강아지는 다리 셋만 가지고도 흰 눈밭에서

뒹굴며 마냥 신나서 뛰논다.

다리 셋, 그 상태 그대로 즐기는 것이다.

그걸 자기 놀이와 연관 지어 생각하지 않는 것이다.

놀이하고 그건 별개(別個)다.

인간처럼 자기에게 주어진 조건에 불평하거나 원망하지 않는다.

본능만 있는 게 삶을 더 행복하게 영위할 수도 있는 것 같다.

배부른 돼지가 배고픈 소크라테스보다 실은 더 행복하다.

이 인간 마음이 불행의 씨앗이라 예수도

"마음이 가난한 자는 복이 있나니." 하면서

강아지와 어린아이 같은 순수한 마음을 가져야만

진정으로 행복에 이를 것이라고 역설(力說)했다.

그렇게 하면 현실에 살면서도 마치 천국에 있는 것처럼

진정으로 행복하다는 것이다.

이들은 가식적인 웃음을 짓지 않는다.

진정으로 행복하고 좋아서 웃는 것이다.

그래 사람들은 이들의 웃음을 믿고 같이 웃는다.

아빠가 퇴근해 아이들의 깔깔 웃음과

아무 근심 없이 세상모르고 자는 모습을 보고

무장 해제되는 해방감을 느껴 하루의 고단과 피로가

순식간에 가시는 것이다.

이들을 보고 웃음이 안 나오는 사람은

거의 없을 것이다.

순수함에 매료(魅了)되지 않는 인간은 거의 없다.

이렇게 마음이 가난한 자가 복을 얻는 것이다.
같이 웃었던 누구라도 이들에게 어려움이 닥치면
도우려 할 것이다.
이들은 마음이 가난해서 사람들의 도움, 복을 받는다.
이와 반대로 예수는 "부자가 천국에 가는 건
낙타가 바늘구멍 들어가기보다 어렵다."라고 했다.
마음이 가난하지 않으면 행복한 천국에 가지 못한다.
마음이 가난하지 않아 현실에선 더 어림도 없는 거고.

다소나마 행복에 이르는 길은 자기가 현세에서
이루지 못하는 것을 나름대로 유토피아, 파라다이스,
무릉도원, 이상향을 만들어 진정한 행복에
이르는 거라며 자기에게 최면을 걸고 상상하며
꿈을 꾸는 경지에 이르면 그런 행복을, 거기서 잠시나마
맛볼 수 있다고 본다.
고통으로 점철된 현실과 고통 없고 행복만 가득한
이상을 분리하는 것이다.
왜냐하면 현실에선 도저히 진정한 행복을 찾을 수 없기 때문이다.
이 허구적 공간은 종교적 영역일 수 있고,
인류의 난제에 도전하는 불같은 열정이나
무아지경(無我之境)의 예술혼을 불태우는 경지일 수 있다.

현실이 그러니 진정한 행복은 없고 실은 고통이

더 긴 시간을 차지한다는 엄연한 사실을 깨닫고
그러려니 하며 사는 게 나을 수 있다.
그러면서 신이나 어떤 자기만의 세계를
가상(假想)에라도 건설해 자기 나름대로 진정한 행복이라며
착각하고 그 세계에 잠시 젖는 방식으로 살아가는 것이다.
이런 세계 속에 침잠(沈潛)하는 걸 불교에선
법열감(法悅感)이라 한다.
그리스도교에서도 속세와 떨어져 깊은 적막과 무거운 침묵 속에
절대 고독에 이르러 묵언수행 하는 것도 이에 해당할 것이다.

현실과 이상(理想)에서 진정한 행복을 향해
서로 보충해 주는 것이다.
현실에서의 불만을 이상에서 어느 정도 풀고
이상에서 누리거나 보충한 행복을 현실에서
불만족한 행복을 어느 정도 상쇄(相殺)하는 것이다.
현실과 이상의 조화와 상호부조(相互扶助)라고나 할까.
역시 인간이 해결 못 하지만 그래도 가야만 하는
과제와 화두(話頭)는 현실과 이상의 유리(遊離)를
어떻게 메우고 그걸 어떻게 절충하고
타협시키느냐 하는 것이기 때문이다.

또 하나의 방법으로,
자기에게만 주어져 타고난 것을 불평 안 하고 이 세상에서

그걸 가지고 그나마 실현하려고 노력하는 게
거기(진정한 행복)에 조금이나마 다가가는
길이라고 생각한다.
장애인으로 태어났으면 장애의 조건에서 자기 나름대로
자기만의 할 일을 찾는 것이다.
한국에서 여자로 2025년에 살아가는 거라면 미국에서
왜 남자로 안 태어났나 원망할 게 아니라 한국에서
지금 나의 이 상태를 받아들이고 지금 자기 나름대로
최선으로 할 것을 찾으며 그걸 하는 중에
그 속에서 그게 나의 행복이라 느끼며 산다고 생각한다.
즉, 자기에게 천부적(天賦的)으로 주어진 것을 현실에서
구현하려고 노력하는 것이다.
그건 자기만 할 수 있다.
그 과정에서 자기만의 행복을 찾을 수 있다고 본다.

이를테면,
전업주부로만 살다가 말년에 이르러 자신이
결혼 전에 하고 싶었던 것을 생활에 파묻혀 못 해
뭔가 늘 아쉬움이 남았었는데,
그래서 자신의 가슴 한구석엔 항상 채워지지 않는 뭔가가
숙제로 남아 있던 것이다.
살면서도 허전하고 자꾸 이곳이 아닌 다른 쪽으로
눈길이 가는 걸 자신도 어쩌지 못하는 것이다.

삶에 대한 강한 회의(懷疑)가 엄습하기도 한다.
실생활에 별 도움이 안 되기 때문에,
이런 게 예술 쪽이 많은데, 바이올린을 맘껏 연주해 봤으면,
미술 전공이라 그걸 살려 그림을 전문적으로 그려봤으면,
어릴 때부터 문학소녀를 꿈꿨는데
글쓰기를 계속했더라면, 하고
어느 날 갑자기 후회가 밀려오는 것이다.
자기를 비로소 찾았는데 정작 손에 잡힌 건 없는 것이다.
자기를 정의하는 정체성(正體性)이 모호한 것이다.
그러니 자기에게 주어진 것을,
멈추지 말고 생활에서도 짬을 내 실현하는 것이다.
그래야만 현실에서도 행복 쪽으로 좀 더
가까이 갈 수 있다고 본다.
현실에서 자신이 깊이 빠지거나 진정으로 좋아하는 것을
절대 멈추지 말라는 것이다.
이게 또 현실에서 자기만이 구축할 수 있는 또 하나의
이상 세계랄 수 있다.

요는, 자기가 사는 현실을 떠나 나름대로
이상 세계를 만들어 거기서
누구의 눈치도 안 보고 내 꿈을 맘껏 펼치는 것이다.
정신으로나마 꿈을 이루는 것이다.
현실에선 늘 불안하고 불완전한, 그래서 행복에

만족하지 못하니까 현실에서 자기에게 주어진 것을,
실현하며 거기서 나름 보람과 행복을 찾는 길밖에
달리 없는 것 같다. "아, 이런 순간이 행복인가 보다." 하고
실컷 맛보는 것이다.

인간이기에 진정한 행복에 이를 수는 없지만, 그래도

• 우선 현실에서 진정한 행복을 찾기란 힘들다는 것을 받아들이고

• 그래서 자기만의 세계인, 가상에서 행복을 찾아,

• 그걸 가지고 현실의 불만족을 상쇄, 상호 보완

• 주어진 걸 현실에서 실현하기 위해 노력해 행복에 더 가까이

사랑스러운 자기 모습이

다 자기 역할이 있다.
남은 절대 내 흉내를 못 낸다.
내가 그의 흉내를 못 내는 것처럼.

남처럼 안 되는 것을 부럽게만 보지 말고
나는 내대로 사는 거고, 부러운 그는 또 그대로 사는 거다.
세상만사 모든 일이 뜻대로야 되겠소만.

"난 왜 이럴까?" 그럴 땐,
송골매의 '세상만사'를 들어보자.
사람에겐 다 자기만 할 수 있는 몫이 있고,
사는 게 다 이럴 수도 있고 저럴 수도 있는 것이며
그 가치는 상대적이라는 것이다.

누구나 고유한 사랑스러운 자기 모습이 있다.
또 남은 따라 못 하는, 오직 자기만 할 수 있는 게 있다.
내가 딸이고 아들인데 누가 이걸 대신한단 말인가.
그건 그 누구도 아닌, 자신에게서만 뿜어져 나오는
소중하고 절대적으로 빛나는 빛이 있기 때문이다.

첫인상

여자는 남자를 보면 첫인상도 물론 중요하지만,
그 후에 사람을 자꾸 겪으면서 그 첫인상이 변하는
경우도 있다고 하는데, 내가 보기엔 남자는 거의
첫인상으로 95% 이상이 결판나는 것 같다.
그것도 딱 3초면 승부 끝이다.
이건 유리상자의 「사랑해도 될까요?」를 들어보면 안다.
그래 남자들이 누굴 소개해 준다고 하면, 대뜸
"예쁘냐?"부터 나오는 것이다.

남자가 딱 봤을 때 자기 타입이면,
뭐든 다 좋게 보이는 것이다.
예쁘면 다 용서되는 것이다.
하다못해 거의 이상형에 가까우면 음식을 못 하는 게
오히려 더 매력(魅力)으로 다가오기도 한다.
"어떻게 공주가 음식을 잘할 수 있어?" 하는 것이다.
이래서 여자들이 예쁘기만 해서 남자들에게 인기 있는
여자를 덮어놓고 싫어하는 것이다.
그러면서 동시에 자기도 외모 가꾸기에 사활을 거는 것이다.
그런데 여자들이 아름다움을 포기하지 않고

가꾸면 겉으로 그게 드러나게 되어 있다.
포기하는 순간, 바로 또 표시가 난다.
여자의 변신은 무죄이고, 죽기 직전까지
가꾸기를 포기해선 안 될 것 같다.

여자도 첫인상이 자기 맘에 들면 그것이 거의 끝까지
유지되는 것 같기도 하다.
오매불망(寤寐不忘) 잊지 못하던 바로
그 백마 탄 왕자님이 나를 구하기 위해
그 험한 가시덤불을 뚫고 눈앞에 짜잔 하고
나타나면 그만 숨이 멎어 정신을 못 차리는 것이다.
운명적인 만남이라며, 사랑에 금방 빠지는 것이다.

그러나 같은 남자가 보면 그런 인간들은 여자들이
자기가 조금만 노력해도 쉽게 넘어온다는 것과
어떻게 하면 여자들이 자기에게 빠지나, 하는 것도
빠삭한 바람둥이들이 많다.
좋은 환경에서 아무 구김살 없이 해맑게 자란 여자이고
누구나 '오냐오냐, 예쁘다.'라고 칭찬만 들은 여자들은
세상의 냉혹함을 모르고 온실 속 화초로서
우린 사랑으로 그런 걸 다 극복하고 그 사람도 내 사랑으로
바꿀 수 있다며 자신감이 너무 충만한 나머지
그에게 속아 나중에 울고불고 해봐야, 이미 때는 늦은 것이다.

이런 제비들이나 사기꾼 같은 인간들 말고 대개는 거의
80% 이상이 그의 내면이 겉으로 드러나 첫인상을 보면
그의 됨됨이와 거의 일치하는 경우가 실은 대부분이다.

사기꾼같이 자기의 못됨을 가리기 위해 꾸미는 게 아니라면
가능하면 자기가 꾸미고 싶으면 맘껏 꾸미는 것도 좋다.
자기에게 맞는 진짜 좋은 여자를 만나고 싶으면 우선
깨끗하게 차려입고 향수도 좀 뿌리고,
분위기 있는 곳으로 매너 있게 안내하고,
(여자는 냄새와 분위기에 약하다고 하니까)
이건 타고나야 하지만
목소리 좋은 남자를 싫어하는 여자는 없다고 하니까.

글쓰기에 안성맞춤

나는 공기업 직장에 다닌다.
그리고 마누라도 있고 아이들도 있다.

그러나 어쩐 일인지 성격이 모났다.
예사 성격은 아니다.

그런대로 보통 환경에서지만 삐뚤어지고
배배 꼬인 성정(性情)을
타고나 글을 쓰는 것 같다.

내가 보기엔 글쓰기에 완벽한 조합이다.
글쓰기에,
현실이 받쳐주고, 꼬인 성격을 가져 이상적이다.

세 월

세월은 부자나 가난한 자나
똑같이 흘러가 누구에게나 공평한 것 같다.

그러나 상대적인 건 있다.
보기만 해도 가슴이 두방망이질하는 첫사랑을 닮은
이상형과 함께 있으면 세월, 시간이 쏜살같이
지나가고, 이 하늘 아래, 같이 호흡하는 것조차 싫고
살아 있는 동안엔 절대 다시는 만나지 말았으면 하고
기도하는 인간하고는 단 1초라도 1시간처럼 느껴진다.

세월은 상대적으로 흐르지만, 결과적으로는
모든 사람에게 같은 시간이 주어진다.
그러면서 어떤 사람은 그냥 인간이지만 동물과
비슷하게 세월을 때우는 사람도 있고,
인간으로 태어난 이상, 인간으로서 최선의 할 일을 찾아
나름 뭔가 노력하는 사람도 있을 것이다.

각자의 삶에 대해 평가할 수는 없지만,
인간으로 태어났으니, 인간에게만 주어지는

특권(特權)을 누렸으면 한다.
어느 것이나 주어지는 게 아니라
인간에게만 주어지기 때문이다.
그래야만 인간으로서 그나마 잘살다 갔다고
말할 수 있을 것 같다.

동물은 못 하는, 가장 행복하고 즐거웠던 한때를
기억하고 그 추억을 회상, 반추(反芻)하며 현재를 즐겁게
보내면서 자기 한 개인의 기질(氣質)을 맘껏 발휘하면
현재가 즐겁고 미래도 내 인생을 축복 속에 반길 것 같다.

요(要)는, 생명이 있을 때 자기에게 주어진 걸
소중히 생각해 잘 쓰란 것이다.
인간으로서, 여성으로서, 그리고 나 한 개인에게만 주어진
천부(天賦)의 것을 잘 활용하라는 것이다.

인간인데 동물처럼 하는 것, 여자인데 남자처럼 하는 것,
내겐 이게 좋고 그걸 잘하고 행복하기까지 한 것을
외면하고 많은 사람이 하는 거라며 무조건 따라 할 것이 아니라
자기에게만 주어진 걸 맘껏 실행하라는 것이다.
그렇게 하는 게 누구나가 똑같이 주어진 시간과 세월을
잘 보낼 수 있는 비결이라고 감히 말할 수 있을 것 같다.

받아들이는 삶

남들도 다 예뻐하는 온실 속의 화초처럼,
아무런 응어리 없이 그저 사랑만 받고 자란 사람이
좋기는 하지만 그런 사람은 드물고 작가(作家)가
그런 사람이라면, 그 응어리를 글로 풀어야 하는데
에너지가 빈곤(貧困)해 좋다고도 할 수 없다.

그러니까 인간은 자기에게 주어진 것을 받아들이고
그걸 맘껏 활용하며 사는 게
가장 잘사는 삶일 것 같다는 생각이 든다.

이미 주어진 것들은, 다시 물릴 수도 없기에 받아들여
이걸 어떻게 활용할까 궁리해 보는 게 훨씬 낫다는 얘기다.
"내 이런 성정(性情)을 어디에 써먹을까?" 하고.

오히려 정신이 육체의 지배를 받는다

이 말은 지금은 잘 안 쓰는 것 같은데,
내가 보기에 노파심(老婆心)이란 말은 인간이
육체에 더 많은 영향을 받음을 말해 주는 단어 같다.

실연(失戀)을 당하면 상사병(相思病)에 걸려
몸져누워 초췌해지듯이
인간은 물론 정신이 육체를 지배하기도 하지만 결국
육체가 정신까지 지배하는 것 같다.
즉, 정신이 육체에 주는 영향보다
육체가 정신에 주는 영향이 더 대단하다는 것이다.
이건 아마도 인간이 인간이기 이전에 동물이라 그런 것 같다.

정신일도하사불성(精神一到何事不成), 다
어불성설(語不成說)에 지나지 않는다.
이것도 육체가 받쳐주지 않으면
공염불(空念佛), 구두선(口頭禪)에 불과하다.
일단 육체가 건강해야 가능하기 때문이다.

몸을 잘 다스려야 정신도 건강해지는 법이다.

감기에 걸려 컨디션이 좋지 않으면 정신이
흐릿해지면서 만사가 귀찮고
나이가 들어 힘이 빠지면 노파심 같은, 안 할 걱정도 하게 된다.
불안과 걱정을 달고 사는 것이다.
다 육체가 약해 그런 것이다.
젊고 튼튼한 몸이면 그만큼 걱정과 불안의 가짓수가 적다.
그래서 젊을 땐 안 오던 우울증도 찾아오는 것이다.
늙으면 정치색도 바뀌어 변화를 싫어하고
지금 이대로가 좋은 보수화(保守化)가 진전된다.

나이가 들면서 보수화되는 건 자신이 우선 육체적으로 힘이
달리는 걸 실감하니까, 주변을 좌지우지할 지배, 장악력을
상실하게 되어, 그냥 주변 흐름에 맡기고
얹혀가는 것을, 택한 결과여서다.
역시 삶의 자세나 태도 변화에도 육체의 영향은
무시 못 하고 간과(看過)할 수 없는 것이다.

어디 아프거나 몸이 허약하면
악몽에 시달리기 쉽고 가위에 잘 눌린다.
아무래도 면역력이 약한 애들이라 경기(驚氣)를 잘 일으켜
허한 기(氣)를 보충해 주는 보양식을 먹이기도 하는 것이다.
몸의 상태에 정신이 고스란히 지배받는다.

대신 악몽 없이 푹 잠을 자 몸 상태가 최상이면
정신이 맑아지고 괜히 기분도 좋아져
긍정적인 생각이 들게 되어 덩달아
남에게도 잘하게 되는 것이다.

사랑으로 충만하면, 즉 육체가 최상의 상태면, 코맹맹이와
혀짧은소리가 자기도 모르게 나오고,
세상 온 천지가 마치 나를 위해 존재하는 것 같은
착각 속에 살기도 하는 것이다.

그래 동양 의학에선 정신병 치료는 따로 없고
오장육부(五臟六腑)를 잘 다스려 정신까지 치료한 것이다.
이를테면 간이 좋으면 용기백배(勇氣百倍) 되는 것이고
쓸개가 빠지면 자기 주관이 없어 결정 장애를
일으키는 것이다.
비위가 강하면 삶에 더 유연해지는 것이다.

인류는 빨리 사라져야

이제 유전자 조작과 끼리끼리 붙어먹어 머리 좋은 것들과
외모가 빼어난 것들만 남고 나머진 그들을
시중드는 노예로 전락할 것이다.

이래 내가 인간 사회가 X같아 바로 사라지는 것만이
유일한 답이라고 말하는 거다.
인류는 지구, 우주와 그 공간을 위해
그리고 서로를 위해
하루속히 멸종돼야 한다.

자 식

요즘 마광수 책을 읽고 있는데 그는 66세에 죽고
죽기 전까지 연대 교수로 지내며 60여 권 책을 냈는데
난 그의 책을 거의 다 읽은 것 같다.
그는 자신도 이혼했는데, 결혼해도 3년 동안 혼인신고
하지 말고 3년 동안 애를 낳지 말라고 했다.
아마 서로 안 맞아도 이혼하기 쉽지 않고 거기다가
애라도 생기면 더 힘들다는 것을 말하기 위해
그런 말을 한 것 같다.

인생엔 정답이 없다고 한다.
이렇게 사는 사람도 있고 저렇게 사는 사람도 있는 것이다.
기형아로 태어나 고생만 하다 바로 죽는 사람도 있고,
태어나지도 못하고 뱃속에서 죽는 사람도 있다.
사람이 사는 건 가지각색이다.

그러나 이왕 태어난 거 그냥 시간만 보내지 말고
자기만 가진 게 그 누구라도 있는데 그걸 펴며 사는 게
중요하다고 생각한다.
내가 책에서 배운 것 중 이게 제일 핵심인 것 같다.

아마 이걸 얻으려고 그동안 책을 읽었는지도 모를 정도다.

한 사람에게 장점이 있으면 그에겐 반드시

단점도 있다. 단점만 많은 사람도 반드시

장점이 있게 마련이다.

그리고 행복한 사람도 반드시 불행한 면이 있다.

완전히 행복한 사람은 없다.

불교에서, 그래서 원래 인간 삶은

고해(苦海)라고 하는 것 같다.

알고 보면 사람 사는 거 다 거기서 거기인 것이다.

나고 자라고 병들어 늙어 죽는 것이다.

결국 인생은 생로병사(生老病死)로 요약된다.

그렇지만 누구에게나 있는 게 아닌 반드시

자기만 가진 게 있다.

그걸 찾아내 실행하며 그 속에서 행복한 게 제일인 것 같다.

그걸 찾는 게 일찍 오기도 하고 늦게 오기도 한다.

평생 찾지 못하고 죽는 사람도 수두룩하다.

그걸 이루기 위해 최선을 다하는 게

가장 잘사는 비결이라고 생각한다.

내 생각과 내 글의 결론은 결국 이것으로 귀결되는 것 같다.

나도 부모도 있고 자식도 있는데,

내게 부모가 이렇게 살라고 해서 이렇게 사는 것도 아니고,

내게 영향을 주는 누가 그렇게 하라고 해서
이렇게 사는 것도 아니다.
결국 내가 선택한 결과가 지금 이렇게 된 것이다.
콩 심은 데 콩 나고, 팥 심은 데 팥 나는 것이다.
노력한 사람은 그만한 대가가 기다리고,
안 노력한 사람에겐 남는 게 없는 것이다.
내가 자식에게 그렇게 하지 말고
이렇게 하라고 한다 해도 그 애가 부모의 말을
그대로 따르는 것도 아니다.
또 부모 말대로 산다고 해도 잘 산다는 보장도 없다.
오히려 자기가 진정으로 하려고 했던 것을 하지
못했다며 부모를 원망할지도 모른다.
그냥 하고 싶은 대로 하게 두고 후회도 자신이 하게
두는 게 낫다고 본다.
그러면 적어도 원망은 안 할 거고 자기 하고 싶은 대로 해서
진정한 자기 인생이 되는 것이고,
후회하더라도 자신이 선택한 거니까 고스란히 뭔가
인생에서 배우는 건 있을 것이다.
결국 자기 스스로 하는 것이 부모가 시키는 대로
한 것보단 이점이 많다.
자기 인생의 주인은 오로지 자기 자신이기 때문이다.
누군가에게 조종당하는 인생보다 오로지
자신이 선택한 인생이 진짜 자기 인생이고

그래야만 자기 인생을 소중히 여기고 아낀다고 본다.

물론 어릴 땐 일일이 간섭하기도 해야겠지만,
부모가 할 일은 자식이 선택한 길을 측면에서 지지하고
응원해 주는 것이라고 생각한다.
힘들어할 때 격려해 주고 위로하면서 "네가 그만큼
노력했으니 좋은 결과가 반드시 올 거야."라고 용기를
주는 것이라고 생각한다.
뭔가 자식이 물어오면 자식의 입장과 기질을 고려해
평소에 관찰한 것에 대한 따뜻한 조언도
해줄 수 있는 것이다.
그러나 어디까지나 최종 선택은 이때도 자식이 해야 한다.
그러면서 은근히 사랑의 관심을 놓지 않는 것이다.
그래야만 자식이 위기에 빠졌을 때 평소 부모의
관심과 사랑, 그 힘으로 다시 일어설 수 있다고 본다.
부모가 불안해서 걱정만 하고 하나부터 열까지 하는
잔소리나 강압, 비교, 불필요한 간섭으로
다시 일어서는 게 아니다.
부모의 끝없는 사랑만이 자식을 잘살 수 있게
하는 것이라고 본다.

거듭 말하지만, 자신의 숨은 기질을 찾아내
그걸 실행하며 사는 게 가장 잘사는 거라고 본다.

부모는 그저 자식이 안전하고 별 탈 없이, 남이 하는 것을
따라 하며 평균적으로 살기만을 원한다.
많은 사람이 선택한 방식대로 살기를 바란다.
물론 그렇게 살면 좋지만, 그게 맘대로 안 된다.
자신이 좋아하고 꼭 하고 싶은 것은 그냥 가만히
세월만 보낸다고 찾아지는 것도 아니다.
물론 나이를 먹으면 경험이 쌓이기는 하겠지만
생활 틀에서 벗어나기 쉽지 않다.
진정 자신을 모르고 그냥 죽을 수 있는 것이다.
이게 잘사는 거라고 보기는 어렵다.

남의 지혜가 담긴 책을 읽고 그걸 읽으며 생각하고
그 융합된 자기 생각을 매일 일기 형식이라도 글로
표현하면 자기의 타고난 기질, 진정 자신이 좋아하고
자신의 온 힘을 바칠 것을 찾을 수 있는 가능성이
높아진다고 할 수 있다.
그렇게 되면 자기가 사는 사회에서도
잘살아보려고 노력할 것이다.
현실에도 충실해지는 것이다.
결국 이런 건 모두 자신이 선택하고 그 선택에
대해 자신이 책임질 수밖에 없는 것이다.
자기 인생은 남이 대신 사는 게 아니라 자신이 사는 것이다.

거듭 말하지만, 인생을 잘 살려면 남의 통찰이
들어가 있는 독서를 하고 그걸 바탕으로 생각을 거듭하고
그 생각들을 글로 표현해서 진정한 자기 것으로
만드는 것이다.
그러면 차츰 자신을 찾을 수 있고 자신을 알게 된다.
그걸 바탕으로 "아, 나는 이러니 이렇게 살아야겠다."라는
결론에 도달하는 것이다.
그러면서 동시에 자신이 사는 사회, 현실을 열심히
살아내려고 노력하게 되는 것이다.

물론 내가 주로 이렇게 하고 있기 때문에 이런 방법을
추천하는 거고, 다른 기질을 가진 사람은
다르게 해서 자신을 찾을 수도 있지만 이게 고래(古來)로
가장 좋은 방식으로 알려져 있기 때문에 그러는 것이다.
독서를 통해 남의 지혜를 얻고 그걸 내 생각과 섞어서
글로 표현하면서 자신만의 생각을 도출하게 되는 것이다.

그래서 일단 자기 생각을 자꾸 써보라고 하는 것이다.
그렇게 되면 당연히 자신을 알게 되고 자신과 자신의 삶을
소중히 여겨 세상을 어떻게 살아야겠다는 것도
나오게 되는 것이다.
그렇게 되면 현실도 알차게 열심히 살려고 노력하게
되는 것이다.

결국 자기 인생길은 남이 아무리 가르쳐 줘도 소용없고
자신이 고민해서 스스로 찾아내는 수밖에 없다.
선택해 결정했고 그렇게 살고자 했으면 책임도
자신이 지는 게 인생이다.

내가 추천하는 잘사는 방법

① 타인의 삶의 지혜가 담긴 독서를 꾸준히

② 그렇게 되면 자동으로 생각을 거듭하게 되어 있다.

③ 독서를 통한 남의 통찰과 자기 생각을 섞은 것을, 글로 자꾸 적으면 비로소 자기의 것이 된다.

④ 그러면 자신을 알게 되고, 현실에도 충실하려고 노력한다.

감정에 더 좌우

아무도 없는 혼자만 있을 때 인간은
감정에 좌우되어 행동한다.
거기서 이성적으로 행동하는 것은
남이 볼 때를 대비해, 하는 것에 불과하다.

투표에서 그런 게 잘 드러난다.
그래서 정치인이 최후엔 표 달라고 감정에 호소하는 것이다.
"우리가 남이가?" 하면서.

이번 대선 출구 조사에서 찍었다고 하는, 그 사람이 아닌
다른 사람을 찍어놓고 출구 조사하는 사람 앞에서 창피하고
드러내기는 좀 뭐하니까
자기를 감정에만 치우치는 좀 이상한 사람으로 생각할까 봐,
드러내도 자기에게 부담이 없는 적당한 사람을
찍었다고 거짓말을 하는 것이다.
그래 이번 대선 지상파 방송 출구 조사가 많이 틀린 것이다.

인간은 중요한 결정에 있어서는 자기에게 조금이라도
이익이 되는 것에 좌우되어 감정으로 기운다.

앞으로 세상의 가치가 변해 어떻게 될진 모르겠지만,
지금은,
"믿을 건 연고(緣故)밖에 없어. 믿을 건 자식밖에 없어."
그러는 것이다.

나는 이런 인간의 진실을 밝히는 글을 계속 쓸 것이다.

친 구

냉정하게 들리겠지만,
인생은 공수래공수거(空手來空手去)다.
빈손으로 와서 결국 빈손으로 가는 것이다.
이런 것인데도, 단지 누가 나무에 더 치중하냐,
숲에 더 치중하냐 하는 차이만 있는 것이다.
평가와 재단(裁斷)은 금물(禁物)이다.

또한 모든 건 다 필요로 탄생한 것이다.
이를테면, 이슬람권에서 돼지고기를 안 먹는 이유는
무슨 종교적 신념 때문이 아니라 단지, 돼지가
주변에 흔하지 않아 아예 종교를 이용해 막은 것뿐이다.
역시 필요는 발명의 어머니이고, 궁하면 통하는 법이다.

학창 시절엔 남자들도 친구를 중히 여긴다.
그러나 남자는 알고 보면 다 이해관계로 만나는 것이다.
남자는 뭔가 자기에게 도움이 되니까 만나는 것이다.

전쟁에선 서로 돕다가 전쟁을 승리로 이끌면 개국공신으로
우대하기보단 한고조(漢高祖) 유방이 한신을 죽인 것처럼

토사구팽(兎死狗烹)하기 일쑤다.
전리품(권력)은 혼자만 독차지하려고 한다.
그래 그 낌새를 알고 장량(張良)은 벼슬도 마다하고
초야(草野)로 내려가 목숨을 부지한 것이다.
아주 지혜로운 사람이다.
트럼프가 선거에선 일론 머스크를 떠받들다가
지금 내치는 것과 같은 그림이다.

군대 있을 때 생고생하며 서로 도우며 보냈는데
그것만 생각하고 몇십 년 후에 만나면 상대의 변화가
너무 커서, 아니 그 시절의 그가 아님을 실감해서,
자기가 기대한 그 모습이 아닌 것에 팩트 충격과 함께
모든 게 다 자기와 너무 안 맞아
"그 당시, 추억만 간직하고 있을 걸!" 하고
후회하며 뒤돌아오는 발걸음이 무거운 것이다.

만나서 그동안의 긴 세월과 가치관이 서로 안 맞는 것만
확실히 확인할 뿐이다.
차라리 현재의 현실 친구를, 마음이 통하고 말이 통하는
사람과 새로운 친구로 시작하는 게 낫다, 싶은
생각도 절로 드는 것이다.
한편, 남자들의 대화를 가만히 들어보면 남 얘기는
건성으로 듣고 자기 얘기만 주야장천(晝夜長川) 하느라 바쁘다.

그것도 거의 다 자기 허세(虛勢)로 채워져 있다.
장면 안 보고 소리만 들어보면 저것도 대화라 할 수 있나,
강한 의문이 뇌리를 때린다.
마주 앉아 있는 장면이 아니라 각자
벽을 보고 혼자 떠드는 이미지만 그려질 뿐이다.

그럼 여잔?
여자가 친구가 없는 경우는 매우 드물다.
아니, 거의 없다.
친구가 생활 자체이고, 친구 없이는 살지 못하기 때문이다.
서로 만나 술 한 잔 안 하면서도 거의 반나절을
한 자리에서 수다로 채운다.
"어떻게 저게 가능해?" 신통방통할 뿐이다.
전화통을 붙잡고 1시간을 얘기하고 끊으면서 한다는
소리가 "그럼 자세한 얘기는 만나서 하자."는 것이다.
듣기엔 전화로 구체적으로 자세한 얘기를 다 한 것 같은데
그러고도 할 얘기가 또 남았단 말인가.
턱이 빠진 것도 아닌데, 벌어진 입이 다물어지지 않는다.

그래서 여자가 남자보다 오래 사는 것 같다.
속에 담고 있는 걸 친구를 만나 수다를 떨면서
다 털어놔 속에 어떤 앙금이나 응어리 같은 게 남은 게
별로 없는 것이다.

표현으로 다 날려버린 것이다.
속에 쌓여 병으로 진전(進展)될 게 없는 것이다.

여자가 이러는 건 원시 시대부터 남자는 그저
사냥감을 쫓아 온종일 뜀박질이나 하는데, 여자는
아이와 마을에 남아 애를 기르고 음식을 해야 해서
이웃과 협동해야 해서 그런 것 같다.
독불장군은 왕따가 되어 죽음뿐이다.
음식을 만들면서 자기 아이를 돌볼 사람이
있어야 하는 것이다.
그리고 남에게 그렇게 해줘야 나중에 자기도 아쉬울 때
부탁할 수 있는 것이다.
그래 자기 어려움을 이웃에게 호소하려면 대화나
뭔가 표현을 잘해야 자신의 처지나 사정을 이웃이 알아
도울 수 있고 또 상대도 표현을 해야 내가 아는 것이다.
남자가 말에서 못 당하는 것도 이래서 그런 것 같다.
끊임없는 소통이 필수인 것이다.

그래서 여자들이 수다를 떨고 자기를 도울 친구들이 늘
필요해서 그렇게 여자에게 친구가 항상 필요한 것 같고
남자는 그저 사냥만 잘해 혼자 사냥감만 많으면 되는 것이다.
소통이 여자처럼 그렇게까지 필요하지 않다.
같이 하면 고기를 나눠야 해서 그것도 별로

탐탁지 않고 번거롭기만 한 것이다.
그리고 남자는 육체적으로 세서 혼자 해도 되지만
여자는 체력적으로 약해 남의 도움이 필수라
그렇게 친구와 이웃이 생활에 꼭 필요한 것 같다.

생각은 적어야 자기 것이 된다

어떤 자기만의 생각하고 있는데 그냥 생각으로 끝나면
곧 잊혀 흐지부지될 수 있다.

그러나 그걸 바로 글로 적으면
남의 것이라도 진정한 자기 게 되고
그런 생각들이 축적되고 또 새로운 자기만의 생각들이
폭발하는 것이다.
생각들이 꼬리에 꼬리를 무는 것이다.
생각들이 계속 파생(派生)되는 것이다.

적으면 생각으로 끝나는 게 아니라 마치 자신이 경험한 것처럼
되어 그 생각이 비로소 자기에게 스며드는 것이다.
인간은 다 체험할 수 없기에 이런 식으로라도 경험해야 한다.

이를테면 '콩 심은 데 콩 나고 팥 심은 데 팥 난다.'라는
속담도 자기가 하고자 하는 말과 연관 지어 인용해 적으면
그때부터는 평범한 속담이 아니라
비로소 진정한 자기 것이 되는 것이다.

세상에서 가장 아름다운 것

(어린 시절 황홀한 체험)

TV도 전기도 없던 시절, 어느 깊어져 가는 겨울밤.

북녘의 북극성을 중심으로 시린 밤하늘의 별빛이 마당에서

뛰노는 아이들의 머리 위로-숨 막힐 정도로

영롱한 빛을 발하며-쏟아지는 그 황홀한 광경, 그 광경이

인생에서 가장 아름다운 순간이 되어 절대 기억에서

사라지지 않을 것만 같다.

나는 그 순간을 회상하며 또 어려운 이 현실을

뚫고 오늘도 앞으로 나아가고 있는 것 아니겠나.

어릴 적 황홀한 체험-가장 아름다운 순간은-은

삶의 밑거름이 되고도 남는다.

(그저 놀이에만 빠졌던 시기)

미취학 시기(3~7세), 그저 놀이에만 빠질 때가 인생에서 가장

행복하고 아름다운 시기임은 따로 말할 필요도 없다.

이 시기는 전적으로 부모의 보호를 받는 시기와 일치한다.

그래서 그들에겐 부모가 그들 세계의 전부이고,

부모는 절대적 존재와 일치한다.

그 시기는 순간이고 아쉽게도 짧다.

그런데도 요즘 어른들은 그것조차 빼앗는다.
인생의 가장 아름다운 부분을 지우는 것이다.
'어린이에게 놀 권리를!' 다시 돌려줘야 한다.
이 시기가 인생을 통틀어 가장 행복하고
아름다운 순간이고, 부모에게도 평생 할
효도를 다 하는 시기라고 하지 않나.

(상대가 간절히 바라는 걸 자신이 유일하게 갖고 있어
그걸 그에게 제공하는 희생과 헌신)
이창동 감독의 「詩」란 영화에서 상대가 간절히
원하는 걸 자신이 가지고 있다.
자신은 시한부(時限附) 인생이고, 손자는
속죄가 가능하지 않은 죄를 저질렀다.
얼마 안 남았지만, 지은 죄를 조금이라도
갚고 자신만이 가진 유일한 것을 마지막으로
그에게 성(聖)스럽게 제공하고자 하는 것이다.
그는 시(詩)를 읽고 지으며 비로소 자기가
할 일을 찾아낸 것이다.
이처럼 시를 쓰면서 생각하다 보면 중요한 게 뭔지,
앞으로 자신의 방향을 주저 없이 결정할 수 있다는 것이다.
그 일을 하나하나 수행하는 과정이 숭고하고 아름답다.
이건, 마치 테레사 수녀의 한 인간과 그 생애(生涯)에
대한 연민과 측은지심(惻隱之心)에서 오는

희생과 헌신, 사랑, 삶의 보람과 견줄 수 있을 정도다.
생의 수많은 순간 속에, 이것도 세상에서
가장 아름다운 순간이라고 하지 않을 수 없다.

(이해타산의 혼탁 속에서 이에 아랑곳없이 피어나는 순수함)
이런 순간은 인생이라는 시궁창에서 고고(孤高)하게
피어나는 연꽃과도 같다.
황순원의 소설 「소나기」에서 소녀의 소년에 대한
순수한 사랑이 그렇고, 히가시노 게이고 원작
영화 「용의자 X」의 류승범과
「드라이브」의 라이언 고슬링의 이상형(理想型)을 향한
사랑이, 그런 순수함(Innocence)이다.
그건 자기 인생에서 함부로 훼손되어선 안 되는,
고수(固守)해야 할 고귀한 그 무엇이다.
목숨까지 바칠 정도로 지켜야 할 존귀함이다.
반드시 해야 할 자신의 의무이자 사명(使命)이다.
그런 이유로 해서 소유의 개념이 아니라 그런 것이
세상에 존재하는 것 자체가 자신에겐 큰 위안이고,
그게 사라진다면 자신에게 남은 건 아무것도 없는 것이다.
같은 하늘 아래 동시에 존재하는 그것만으로도 가슴 벅찬 일이다.
말할 것도 없이 나와 그 중 세상에 남을 것을 고른다면
주저 없이 그를 고를 것이다.
좀 더 성스럽게 표현하면 시궁창에서도 피어나는 연꽃처럼

세상의 빛과 소금이 되어 계속 남아 있어야 하는 것이다.

비록 나는 사라지지만 아마도 나와 같은 그 누군가를

위해서라도 이 세상에 꼭 남아줘야 한다는 것이다.

남들은 어떻게 생각할지 모르지만 나로선,

당신은 그 무엇과도 바꿀 수 없는

고귀하고 소중한 존재라는 것이다.

그러니 지키지 못하면 자신은 아무것도 아닌 것이 되고

살아야 할 하등(何等)이유도 없는 것이다.

지니고 있는 자의 순수와 그 순수를 지키려는 자의

그 순수, 모두가 세상에서 가장 아름답다.

(자신조차 잊을 만큼 푹 빠지는 자기 취향)

세상은 스트레스로 넘친다.

그게 나를 마구 헤집어 놓는다.

현실에서 그걸 해소하기엔 한계가 있다.

나만의 가상(假想) 공간(취향, Preference) 같은 걸 만들어

거기에 푹 빠져 현실의 고단함을 씻어버리는 것이다.

거기에서 이완(弛緩)하고 충전한 다음 전열을 가다듬어

현실의 생활전선에 다시 뛰어드는 것이다.

그러니 그 세계는 현실의 또 다른 연장선상이어선 안 되고

현실과 동떨어진 유리(遊離)된 공간이어야 한다.

미친 듯이 빠져 몰아(沒我)의 경지에 이르는 게임이나

절대 알아보는 이 없는 오지(奧地)로 훌쩍 떠나는 단독 여행,

존경하는 작가와 넓고 깊은 대화를 나누는 독서의 세계 등
이런 가상 공간에 몰입, 침윤(浸潤)하는 순간이야말로
세상에서 가장 아름다운 순간이라고 하지 않을 수 없다.

난 이런 것들이 가장 아름다운데,
당신은 '세상에서 가장 아름다운 것'이
무엇이라고 생각하는가?
각자 하나 이상, 그 순간이 있을 것으로 믿는다.

인정미가 사라져 그런 것 같다

옛 시골 마을에서, 없는 살림이지만 서로 돕는 풍속(風俗)이
언젠가부터 사라져 사람들이 이제
속에 화(火)만 남은 것 같다.

옛 고을에선, 가을에 시루떡을 하면 반드시 이웃에 돌렸다.
부락(部落)에서 상(喪)을 당하면
아무리 바쁜 농번기라도 누구나 팔을 걷어붙이고
그 집으로 몰려가 도왔다.

그리고 논에서 써레, 모내기와 가래질을 하고 피를 뽑고
밭에서 쇠비름을 맬 때처럼
지루하고 고된 일은 동네 풍물을 두드리며 막걸리 한 사발을
쭉 들이켜며 그 흥겨움으로 농사일을 너끈히 끝냈다.

이웃 간에 이런 게 사라져서 사람들의 속에 악(惡)만 남고
'묻지 마 범죄'를 마구 저지르는 것 같다.
이런 우리 민족 특유의 인정미, 인간미 넘치는 공동체를
부활시킬 방법은 없을까?

우린 마음만은 모두가 넉넉하고 여유로운 가운데

풍류(風流)를 즐겼다.

역시 행복은 마음으로부터 오는 것 같다.

기후 위기

지구가 펄펄 끓고 있다.
방송에서 인터뷰하는 사람들의 말을 들어보면,
태어나서 요즘이 제일 덥고
이런 물난리는—여기서 50년 이상 살았어도—생전 처음이라는
말을 빼놓지 않는다.
요즘엔 또 폭염(暴炎)으로 남유럽이 불바다다.
극지방 빙하가 녹고 가장 높은 봉우리 만년설이 녹아
느닷없이 홍수가 발생하고 등산객이 눈사태에 깔리고
집과 도로가 순식간에 물에 잠긴다.

그럼 어떻게 해야 하나.
그건 한마디로 정치적 올바름(Political Correctness)을
실천하면 된다. 성장 위주보다 분배에 초점을 두는 것이다.
군사력을 줄이는 데 합의하고, 그 돈으로
기아(飢餓)를 해결하는 것이다.
그러면 지구의 허파인 아마존 같은 열대 우림을 농경지로
개발하지 않아도 된다.
방법은 쉬운데 안 하는 게 문제다.

또한 스웨덴 환경운동가인 그레타 툰베리 같은
순수한 젊은 세대의 말을 듣고 그대로 따르면 된다.
안 그러는 건 지금 당장만 생각하는 인간의 어리석음 때문이다.
싸우는데 쓸 돈을 골고루 나눠주고 나라 간 군비 경쟁을 줄여
이젠 다 같이 평화롭게 사는, 개발과 성장보단
자연을 보전(保全)하고 재활용하고 자원을 아끼고 배출을
줄이면 된다.
이런 게 바로 어린이의 마음이고 생각이다.
애들에게 물어보면 이렇게 하면 되지 않냐고 한다.
진짜 그렇게 하면 된다.

안 되는 이유는,
어른들이 아이들 말을 안 들어서 그렇다.
애들 말만 들어도 기후 위기는 극복된다.
인간은 커가면서 어리석어진다.
사회에서 한가락 하는 인간들이 자기 기득권(旣得權)을
지키려고 안 따르는 것이다.
움켜쥐고 손을 안 펴서 그런 것이다.

몰라서 못 하는 게 아니라 알면서도 안 한다.
이들에겐 '지구 구하기'가 목표가 아니다.
그저 한다는 짓이 좀 더 힘을 길러 다른 나라를
자기 마음대로 주무르려는 게 그들의 지상 과제라 그런 것이다.

마음이 콩밭에 가 있는데 되는 일이 뭐가 있겠나.

이처럼 최종 목표와 방향이 엄청나게 중요하다.
그에 따라 행동이 180도 달라지기 때문이다.
목표와 방향을 정치적 올바름으로 둬
기후 위기를 극복하고 지구를 구해야 한다.
강대국을 포함해 각국이 지구 지키기를 최우선 과제로
삼고 이것의 해결에 사활을 걸어야 한다.
안 그러면 다 죽는 길밖에 없다.

그러니 중요한 결정할 때는 객관성이 부족하고
순수하지 않은, 가진 게 많고 인간 사회에서 출세한,
자기 입장만 우선 주장하는 인간들의 말과 반대로 하면 된다.
대신, 가장 순수한 어린이나 다 내려놓은 사람들의
말을 들으면 해결된다.
순수하게 '정치적 올바름'을 따르는 사람들의
말을 들으면 된다.
즉, 어린이들의 말을 그대로 따르면 된다.

기후 위기 극복 방법	• 배출을 줄기고 아끼고 재활용
	• 개발과 성장보다 고른 분배
	• 군비 경쟁에 쓸 돈을 기아 해결에 사용
	• 즉, 순수한 어린이 말을 들으면 됨

기후 위기 극복이 어려운 이유	• 자기와 지금만 생각하는 어른의 어리석음
	• 가진 걸 놓지 않으려는 기득권층
	• 남을 자기 손아귀에 넣으려는 지배욕과 인간의 파괴 본능

물건은 서로 닮았다

나는 골방에 앉아서도 천하를 알 수 있다.

세밀하고 작은 것을 보면 큰 것을 알 수 있는 것이다.
모든 게 확대되고 축소된 것이다.
한 물건을 보고 다른 것을 동시에 볼 수 있는 것이다.

나를 알면 세상을 알 수 있는 것이다.
세상과 우주는 서로 닮은꼴이다.

안 개

흐릿한 안개.
사물을 베일(Veil) 속에 넣는다.
미망(迷妄) 속에 나를 가둔다.
인생 항로(航路) 같기도 하고 사람 마음 같기도 하다.

오리무중(五里霧中) 안개, 인생이어서 답답하고 불안하다.
거기서 벗어나거나 안개를 걷어내 그 실체를 보고 싶다.
그러나 실체는 다시 안개 속으로 사라진다.
흐릿한 안개가 걷히기를 기다리기도 하고,
그곳을 벗어나 뭔가 명료함을 추구하기도 한다.
그런 작업이 활력을 준다.
현실에서 이상으로 옮기려는 노력이다.
안개는 곧 걷힐 거라는 기다림과 현실의 간난(艱難)으로부터
언젠가는 벗어나리라는 희망과 기대를 품고.

모호한 것을 더 좋아한다.
뭔가 더 있을 것 같아서다.
너무 적나라한 건 싫다.
다 보여 뻔한 천하(天下)는 지루하고 질린다.

물도 안개처럼 흐릿해야 숨을 곳도 있고
물고기도 사는 법이다.
물풀 그늘과 탁(濁)함이 물고기를 안심시킨다.
그래야 맑은 양지로 나올 용기도 생긴다.
누가 오면 안 보이는 곳으로 다시 사라질 수 있어서다.
안개 속에서 보였다 안 보였다 하는 것하고
인생은 닮은 것 같다.

알 듯하면서도 다시 저 멀리 도망가는 게 인생이다.
안개도 걷히는 듯하다가 순식간에 다시 몰려오기도 한다.
자기를 타인의 시선으로부터 보호하면서도 동시에 외로워
남과 어울리려 밖으로 오랜만에 외출한다.
뭔가 설레, 발걸음이 가볍다.
알 것 같으면서도 모르고, 모를 것 같으면서도 아는
그런 모습이, 안개(Mist)와 인생(Life)을 닮은 꼴로 만든다.
신비롭고 아름답다.

1967년 발표한 정훈희의 '안개'를 다시 듣는다.

안 개	• 안개는 인생을 닮아 흐릿하다.
	• 우린 그 모호함에도 그게 곧 걷힐 희망을 품고 산다. 활기가 돈다.
	• 보였다 안 보였다 하는 안개와 인생은, 그 자체가 아름답고 신비롭다.

내 잘못이 아닐 수도 있다

ERP나 거대한 컴퓨터 시스템도 사람이 조작해 만든 것이라
충분히 오류가 있을 수 있는데도 한 개인은
뭔가 에러가 나면 그 시스템의 하자보단
자신의 잘못을 먼저 탓하는 경우가 많다.
그 원인을 시스템보다 자신에게서 찾으려고 한다.
이게 권위주의와 사대주의에 굴복하는 인간의 습성이다.

요즘 젊은 층이 이젠 세대보다 더 못사는 최초의 세대인데
그건 사회 제도와 구조적인 문제가 큰 데도 그저 공정만 내세워
사회 전반을 고치려는 생각은 안 하고 나 살고 너 죽자는
각자도생으로 아직 노력과 스펙이 부족해 그런 거라며
각자도생으로 모래알처럼 살아간다.

이 사회 구조를 고치려면 각자도생이 아니라
정치적으로 연대해 힘을 합치는 게 가장 빠른 길이다.
약자의 힘은 오로지 연대와 단결에서만 나오기 때문이다.
그래야만 사회 구조를 쥐락펴락하는 인간들이
무관심에서 관심 쪽으로 조금은 기울 것이기 때문이다.

동 산

누구나 어릴 적 '동산'에 대한 아련한 추억이 있다.
거긴 지금도 내 영원한 고향이자 안식처다.
달콤한 잠에 이르기 전에 그 동산으로 놀러 가던
어릴 적 장면이 떠오르면서 나는 노곤한 잠의 세계로 스르르
빠져드는 것이다.
미소가 절로 이는 기분 좋은 잠이 밀려올 때면 항상
어릴 적 뛰놀던 동산이 꼭 등장하는 것이다.
지금의 평온한 졸음(Doze)은 유쾌하고 따스한 동산에서의
놀이와 겹친다.
그때가 내게 있어 가장 행복하고 감미롭던
시절인 것 같다.

그곳에선 꿀벌이 날고 시커먼 송장 메뚜기가
칡덩굴 속으로 숨어들고, 지렁이, 두더지, 맹꽁이, 여치
방아깨비와 잠자리, 나비가 내 휘두르는 팔을 피해
어지럽게 할미꽃과 도라지꽃이 지천인
풀숲으로 도망치느라 정신이 없다.
그들은 땅을 박차고 뛰어올라 내 얼굴을 스친다.
내 얼굴과 눈이 따갑다.

위장하고 동부콩에 앉은 사마귀, 마른 쇠똥을 굴리며 어디론가
열심히 가는 쇠똥구리, 축축하고 어두운 땅을 좋아하는
굼벵이, 앞발이 센 땅강아지, 거미줄에 걸린 풍뎅이를
끈끈한 줄로 둘둘 마는 독거미, 머리가 마름모인 독사,
비단구렁이가 똬리를 틀고 돌 틈과 풀 그늘에 숨어 있다.
가시덤불을 헤치고 찔레꽃을 꺾으려다가
그만, 발바닥이 물컹!

동산(Hill)에선 아이들이 날 저문 줄도 모르고
놀이에 빠져있다.
해가 뉘엿뉘엿 서녘으로 기울면
"철수야, 저녁 먹어라!"
누나가 날 부르러 온다.
붉게 물드는 노을을 등지고,
세상에서 제일 예쁜 누나가 내미는 팔을 잡고
우린 집으로 향한다.

이미지를 떠올리며 읽으면 글 내용이 쉬워진다

긴 문장에서 무슨 소린지 모르다가-그 글을 쓴 사람의
의도와는 약간 빗나가더라도-그것의 내용에서 연상되는
어떤 이미지를 떠올리며 읽으면 그 글의 내용이 더
쉽게 다가온다는 것을 느낄 때가 많다.
그 이미지를 떠올리며 반복해 읽으면 종전 이미지가
다른 것으로 변경(개선)되면서, 그 글을 쓴 작가의
의도에 더 가까이 다가갈 수 있게 되는 것이다.

그러니까 읽으면서 어떤 이미지를 떠올리는 것은
그 글을 이해하는 데에 중요하고, 사실 글을 읽었는데도
이미지가 안 떠오른다는 것은 그 글을 아직
이해하지 못하고 있다는 방증(傍證)이다.
그 말은-어렵거나 관심과 흥미가 없어서-이미지가
떠오르지 않은 글은 내게 별 도움이 안 되는 글이란 것이다.
그러니 그 글과 나는, 안 맞는 것이다.

이미지는 단순한데 그걸 글로 표현하면 뭔가
어렵고 복잡하게 보이는 것도 사실이다.
그래 상대가 내 의도를 얼른 이해를 못 하면

그림으로 그려 보여주면 더 쉽게 이해하는 것을 알 수 있다.

길을 가르쳐 줄 때도 말로 하면 어렵지만 그림으로 약도를

그려서 보여주면 더 쉽게 얼른 이해하는 것을 볼 수 있다.

글도 이미지를 떠올리며 읽으면 좋다.

이게 글의 최대 강점(强点)이기도 하지만.

부 모

부모, 하면 생각나는 게 두 가지 있다.
아마 평생 내 기억에서 지워지지 않을 것이다.
나 말고도 누구나 부모를 생각하면,
아련한 추억 하나쯤은 분명히 가지고 있을 것이다.
실제 표현하긴 어렵더라도 그게 머리에 이미지로
선명히 나타날 것이다.
그건 자신만이 평생 간직하고 있는, 감미롭고
아늑하고 그러면서도 아름다운 꿈의 세계일 것이다.

나는 아버지가 오일장(五日場)에 안 데려가면
떼를 쓰며 졸랐다.
한번은 그와는 다르게 동네에 초상이 나서
아버지가 마침 동네 이장이어서 마을을 돌며
부고장을 돌렸다.
그때 나를 데려가라고, 나는 땅바닥에 뒹굴며 생떼를 부렸다.
할 수 없이 아버지는 나를 짐바리 뒤에 태우고
동네를 돌았다.
장등을 올라갈 때 등이 흥건할 정도로 땀을
뻘뻘 흘리며 페달을 열심히 밟는 아버지의 등을 보고

나는 순간, 눈물이 핑 돌았다.

"나만 뒤에 타지 않았어도 아버지는 쉽게 동네를 돌 텐데."

어머니에 대한 건,

한번은 부뚜막에 여기저기 틈이 생겨

연기가 거기로 새는 것이다.

눈이 매워 아궁이에 불을 지필 수가 없다.

이걸 메우려고 차진 붉은 흙을 뜨러 광주리를 머리에 이고

어머니와 나는 수리조합 뚝방 아래를 지나는 것이다.

발아래로는 시퍼런 물이 뭐든 삼켜버릴 기세로 흐르는,

논에 물을 대는, 난간도 없는, 일본 놈들이 만들어 튼튼한

그렇지만 아슬아슬한 수로(水路) 위를 걸어

조대흙을 파러 가는 길이다.

이상하게 이 그림이 별사건이 없는데도,

내 머리에서 절대 사라지지 않는다.

내게 뭔가 무서우면서도 정겹고 마치

한 폭의 그림이 연상되는 것이어서 그런 것 같다.

이것을 그림으로 그리고 싶은데 그림은 못 그리고

안 되는 글로나마 이렇게 표현해 내 마음을 달래 본다.

그러나 뭔가 아쉽고 부족한 감이 드는 건 어쩔 수 없다.

이런 걸 보면,

인생길 도중에 큰 사건도 잘 잊히지 않지만,
그때의 분위기나 인상, 느낌, 빛깔, 냄새 이런 게 더
머리에 오래 각인 되는 것 같다.
특별히 어디에 갔다거나 색다른 이벤트보단 일상에서
매일 일어나는 일이 나이 들어서도 잊히지 않고
특히 감미롭고 아름다운 한 폭의 그림으로
자신에게 오래 간직되는 것 같다.

진짜 진국

사람을 보려면 곤란, 어려울 때 어떻게 하나 보라고 하는데
위기에 특히 강한 사람이 있고, 당황해서 평소보다
못하는 사람이 있다.
말이 안 되는 것이다.

전쟁이 긴가, 평화가 긴가.
평화가 길다.
위기 때보다 훨씬 더 긴 일상에서 잘하는 사람이
진짜 잘하는 사람이다.
위기는 순식간에 지나가 버린다.

긴 시간 일상에서 꾸준히 잘하는 사람이 진짜 진국이다.

꿈

"꿈은 무슨? 그냥 사는 거지." 하지만,
인간은 뭔가 할 게 없고 그로 인해 무기력해지면
자기가 바라는 지금도 행복하지 않다.
느끼지 못한다고 해도 지금 자신이 사는 건
가슴 한구석에 뭔가 할 게 남아서 그런 것이다.
아무것도 할 게 없는데 어떻게 사나.
알아서 척척 잘하는 자식보다 뭔가 걱정을 끼치는 자식이
연로(年老)한 부모에게 결국 더
효도하는 것이라는 말도 있지 않나.
그 부모는 자식을 위해 아직은 뭔가 할 게 남은 것이고,
자식 걱정으로, 맘대로 죽을 수도 없는 것이다.

알고 보면 꿈은 무조건 큰 것만이 아니고 지금 내게
활기를 불어넣는 것이면 충분하다.
실은 이것 때문에 꿈을 꾸는 것이다.
지금을 활력 있게 살려고.
뭔가 희망(꿈)이 있으면 확실히 지금이 행복하고
생기가 인다. 얼굴에 화색(和色)이 도는 것이다.
인간의 굴레이고 한계다.

인간은 동물처럼 본능에만 의존해 살 수 없기 때문이다.

사회를 아직 모르고 철모를 때는 꿈을, 부모가
가르쳐 준 대로 꾼다.
사회적 성공이나 출세를 꿈이라고 여기고
그걸 위해 삽질한다.
부모가 자식에게 바라는 건 그저 편히
남들에게 뒤처지지 않고 가능하면 군림(君臨)하며
살기를 바랄 뿐이다.
그런데 인간은 제각각이라 사람 위에 군림해야만
직성이 풀리는 인간이 있고, 차라리
그 밑에서 카리스마 넘치는 인간의 지시만을 따르는
마조히스트(Masochist) 기질의 인간이 있고,
(그래서 독재자(Despot)들이 만들어지는 것이다.)
그저 평범하게 사는 게 싫어
독고다이로 단독자(單獨者)로 밀고 나가는 인간이 있다.
그러니 진짜 자기 꿈을 펼치려면 부모가
하라는 대로 하지 않고
정반대로 해야 한다는 말도 있지 않나.
청개구리 심보를 가져야 한다는 것이다.
부모는 자식이 오로지 고생 안 하고 무탈하게 무난히 살기만을
바라기 때문이다.
그런 자세로 어떻게 자기 꿈을 펼칠 수 있겠나.

물론 인간 세상에서 다 같이 추구하는 것을
나도 함께 추구할 수도 있다.
그런데 아직은 자신을 잘 모를 때 만들어진 꿈은
결국 이루어도 행복하지 않고 나중에 후회하는
지경까지 이를 수 있다.
뭔가 남의 옷을 입은 것처럼 불편하고 어색하다.
자기의 타고난 개성과 기질을 무시했기 때문이다.

꿈의 형태로 사회적인 성공도 좋지만, 추상적인 개념을
추구하고 그걸 향해 가는 것도 좋다.
세상에 존재하지 않는 자기만의 꿈을
창조(Creation)하는 것이다.
나만의 정신세계의 틀을 완성해 보겠다, 같은 것.
나도 하나, 내 생각의 틀도 하나, 이렇게.
누구나 다르기에 불가능하지 않다고 본다.
그런데 완성은 없고 계속 완성하는 과정으로 생을
수놓는 것이다.
그건 이승에 없을 수도 있어 결국 이루진 못해도 그걸
자기 지향점 삼아 살면 꿈을 이룬 것에서 올 수 있는
허무함을 피해 갈 수도 있다.

자기를 잘 몰라 남들이 가는 방향으로 가서 이뤘지만
"내가 바란 건, 이게 아닌데." 하며 뭔가 부족함을 느끼면 그건 진정한 자기 꿈이 아닐 수도 있는 것이다.
후회만 밀려오고 지금까지의 생이 아깝다는
생각만 드는 것이다.
그냥 다수가 추구하는 것을, 생각 없이 따른 결과다.
꿈을 이루려면 우선 자기를 알고 자기 기질에 맞는 것을
골라 그걸 행해 가면 아마도 현실에서도
행복하고 활력 넘치게 프라이드를 갖고 살 것이다.

꿈	실제 인간은 꿈이 없으면 살지 못함
	우선 자기 알기
	나름의 깨달음 없이 다수 따르지 않기
	자기 기질에 맞게 꿈꾸기
	그래야 꿈을 다 이뤄도 허무하지 않고 현재, 진정한 행복 누림

작가는 안 유명해야 편해

원래 작가는 말이 좀 거칠다.
황석영도 그렇다.

안 유명해야 무슨 말을 해도
인간들이 신경을 안 쓴다.
그래봐야 별 영향이나 타격이 될 수 없음을 알기 때문이다.

이건 작가에겐 자유롭고 편한 무기다.
작가에게 자기 검열이 저절로 생기고,
글에 있어 자유로움을 잃으면 이것보다 지옥은 없다.
이게 공감이 안 되면 그는 진정한 작가라고 할 수 없다.

유명하고 가진 게 많으면 여론전에서 취약하기 때문이다.
가장 무서운 사람이 아무것도 안 가진 인간이다.
그는 잃을 게 없기 때문이다.
그러니 싸우려면 자신을 빈털터리로 만드는 게 유리하다.
유명과 가진 것, 자유로운 글쓰기에서 택하라고 하면
진짜 작가라면 물론 후자를 기꺼이 택할 것이다.

우리는 타인에게 악이고 죄인일 수 있다

장 폴 사르트르가 말한 대로 타인은 지옥으로
내게 있어 악(惡)이고 죄인일 수 있다.
왜 그런가 하니,
타인은 내가 아니기 때문이다.
타인도 내가 그 타인이 아니다.
인간을 다 이해하긴 불가능하다.

인간은 우선 자기 위주다.
자기가 여유가 있어야 남을 보고 돌보기도 한다.
우선 자기부터 챙긴다.
어떤 타인이라도 남에 대한 걱정으로 밤을 새우는
법은 없다.
지새우는 이유는 결국 자기 걱정을
걱정해서 그런 것이다.
자기부터 걱정에서 벗어나야 남에 대해 생각한다.

그 남이라는 것도 실은 자기와 비슷한 뭔가를
그 대상이 갖고 있어 그런 것이다.
자기와 너무나 다르면 그는 자기 걱정 대상에서 제외된다.

이심전심(以心傳心)이라고 이웃 인간보단 차라리
나무와 같은 무감정물을 자기와 비슷한 처지라고 생각해
곁에 있는 인간에게서 느끼지 못하는 비슷한 것을
그 나무에게, 또는 강아지에게 이입(移入)하기도 한다.

이러니 같이 사는 타인은 지옥이고 내겐 악이고
죄인(罪人)일 수 있는 것이다.
그 타인에겐 차라리 내가 바라는 대로 피해나 안 주면
다행인 것이다.
타인은 나를 전혀 모르는 지옥으로 여겨 해를
안 입히기만 해도 인간 현실을 그나마 잘 살아가는 것이다.
생각은, 그를 없애고 싶지만 차마 안 그러는 것이다.
그도 나와 같이 나를 지옥, 악, 죄인으로
여길 수 있기 때문이다.
내가 그를 그렇게 생각하는 것처럼.
서로가 서로에게 지옥이다.
자기도 남에게 악이고 지옥일 수 있다, 충분히.

내가 생각하는 것처럼 내게 악인 그가 나에게
손해만 안 입히면 되는 것이다.
내가 그에 대해 함부로 이해 불가인 것처럼
그도 나를 이해 불가하다고만 생각해 줘도
고마운 것이다.

그건 어쩌면 자기처럼 남도 존중해준다는 의미이기도 하다.

자기 생각이 옳다며 내게 주입하려고만 안 해도
그냥저냥 그를 존중해줄 수 있다는 것이다.
모든 사람은 다 나와 다르기 때문에 그걸 전제로
내 생각을, 내 주장을 맞추라고 하면 안 된다.
상대의 생각도 나처럼 소중하다.
인간 사회에선 다 다르다는 다양성과 그 기준이나
가치가 고정불변하다는 절대성이 아닌
상대성만이 진리이다.
그리고 누구나 자기 편견과 선입관 속에서 살아간다.
이것만 알아도 남에게 적어도 해를 입히진 않는다.

설득력

설득력이 있다는 것은 상대가 한 말이 내가
이해 가능한 것이어야 한다.

그러니 다른 시대나 나라에서 온 사람이 하는 말은
내게 설득력이 떨어질 수 있다.
그만큼 내가 이해하기 힘들기 때문이다.
남이 아닌 나와 여기와 현재의 기준으로.

그런 책을 읽으면 그래서 힘든 것이다.
이해력, 설득력에 있어,
그 책이, 읽는 나와 떨어져서 그런 것이다.
내가 아닌 남이고 시대와 장소가 다르기 때문이다.
그래서 나에 대한 얘기, 지금, 여기의 이야기가
가장 내가 잘 이해하므로 가장 설득력이 높은 것이다.
설득력도 결국 나와 가장 가까이 있어야 하는 것이다.

행 복

인간 삶을 살펴보면 늘 행복하지만은 않다.

행복이 있으면 불행이 온다.

굴곡이 있다.

실은, 행복도 불행이 있어야 그 존재가 가능하다.

밤이 있으니까 낮이 있는 것이고,

여자가 있으니까 남자가 있는 것이다.

천국처럼 행복만 이어지면 미쳐 버릴지도 모른다.

달이 뜨는 밤 없이,

환한 대낮만 계속되면 자살자가 폭증할 것이다.

인간에게, 세상이 다채롭고 다이내믹하니까

행복이 존재하는 것인지도 모른다.

이런 굴곡이 인간 세상의 섭리(攝理)인 것도 같다.

이미 그 굴곡에 최적화(Optimization)되어 있다.

왜냐하면 인간도 자연의 일부이기 때문이다.

결국 자연과 세상을 떠난 인간은 행복하지 않다.

갑자기 행복만 계속되면 거기서 살지 못한다.

영원한 행복은 그냥 인간들의 이상(理想)일 뿐이다.

인간은 음양의 조화, 융기와 침하

즉, 끝없는 변화에 맞게 진화(Evolution)되어 왔다.

나는 내가 얼마나 행복한지 모른다.
남도 내가 얼마나 행복한지 모른다.
그러니까 자기 딴엔 이런 게 행복인 것 같다,
라며 사는 것이다.
남의 속으로 못 들어가 그가 지금 얼마나 행복하고
불행한지 모른다.
남도 내 그걸 모른다.
그러니까 지금이 좋으면 "아, 행복해!"라며
사는 것이다.
그걸 향유하라.
불행이 곧 얼굴을 디밀 것이다.
남과 행복의 비교가 불가능하다.

그 기준도 다르다.
남 위에서 호령해야 사는 것 같은 사람이 있고,
그 밑에서 안주하며 시키는 대로 해야 뭔가
제자리인 양 안심하는 사람이 있고,
그저 이런 보통 인간들과는 차별화해 자기 혼자만의
기준을 만들어 그걸 지키며 살아야 행복한 사람이 있다.
그러니까 다 다른 것이다.
행복의 기준이 다 다르므로 지금 내가 좋으면
그게 행복인 것이고, 기분 나쁘고 불편하면 불행한 것이다.
그러나 누구에게나 적용되는 법칙은, 자기 나름대로

불행을 벗어나 행복 쪽으로 가려고 한다는 것이다.
불행에 머물고 싶은 사람은 없기 때문이다.

남에 의해 왔다 갔다 하는 행복은 일시적인 것이고
진정한 행복도 아니다.
자기 안에서 절대적인 게 진짜 행복이다.
자기만의 움직이지 않는 행복의 기준.
내 행복을 내가 조절할 수 있어야 순수한(Pure) 행복이다.
남에 의해 좌우되는, 상대적인 행복은 차라리 불행이다.
내 행복을 내가 주도해야 한다.
실제 현실에선 이걸 고수하기 쉽지 않은데,
단련하고 훈련해야 한다.
꾸준한 수행정진(修行精進)이 필수다.
행복은 자기가 만들어가는 것이다.
주체적으로 사는 것 자체가 행복이랄 수 있다.
안 그러면 남에 의한 불행이 언제든 나를 엄습할 수 있다.
내 삶을 남에게 맡길 순 없다.
삶은 오로지 자기 것이다.
그래야만 '삶=행복' 공식을 완성할 수 있다.

진정 자기에게 맞는 삶을 꾸리는 게 이승에서의
행복이라 생각한다.
즉, 오로지 자기 인생을 사는 것이다.

내 인생인데 남의 인생처럼 사는 게 아니라.

그게 가능하려면 우선 자신을 연구해야 한다.

뭐를 할 때 가장 좋은가, 뭐를 하면

시간이 안 가고 지겨운가, 이걸 파악하는 것이다.

자기가 가진 걸 이승에서 맘껏 펼치는 것이다.

자기가 좋아하는 것을 주로 해야 행복하다.

그러면 자기만의 색깔로 자신의 세상을

아름답게 수(繡)놓을 수 있다.

행 복	• 행복만 지속되지 않는다. 불행과 엇갈려 온다.
	• 행복의 기준이 각기 다르므로 자기만의 행복을 찾아야 한다.
	• 남에 의한 상대적 행복이 아니라, 자기 안에 이는 절대적인 행복이 진정한 행복이다.
	• 자기를 아는 게 행복으로 가는 첫걸음이다.
	• 인생은 어차피 행불행의 교차이므로, 이걸 다 아우르는 주체적인 삶이 바로 행복이다. 행불행이 뒤섞인 자기 인생 자체를 소중히 여기는 게 행복으로 가는 지름길이다.

이 슬

꼭두새벽에-한낮은 더워서-들로 나갈 때
아버지 가랑이를 적시는 이슬을 보면
그게 그렇게 안 됐다는 생각이 들었다.
거기엔 삶의 고단함이 묻어있다.
황소가 앞장서고 아버지, 그다음이 나.
그늘진 솔밭을 지나 이슬 맺힌 좁은 오솔길을
나란히 걷는다.

미소가 예쁜, 청초한 여선생님은 밥도 안 먹고
변소도 절대 안 가고 그저 이슬만 머금는 줄 알았다.
안 그러면 어떻게 저렇게 사람 얼굴과
피부가 투명하고, 옷도 저렇게 항상 선녀(仙女)처럼
희고 깨끗할 수가 있단 말인가.
이슬처럼 영롱한 담임 선생님이,
우리 초가집으로 가정방문이라도 올라치면 마을 어귀에
보이면서부터 나는 그만 가슴이 두방망이질하기 시작한다.

짚으로 엮은 흙 담벼락을 따라 넝쿨 호박과 나팔꽃에
맺힌 이슬과 거길 기어오르는 청개구리는

동쪽에서 막 솟는 태양을 맞이해야 한다.
그 둘은 곧 사라질 운명이다.
짚으로 덮은 흙 담벼락, 노란 호박꽃, 보랏빛 나팔꽃,
차가운 청개구리, 거미의 출렁임에 땅으로 낙하하는 이슬.
이게 한 폭의 그림이 아니면 무엇이랴.

인간의 양면성

인간은 양면성(兩面性)을 갖고 있다.
아니 다면적(多面的)이다.
마음이 단순하지 않기 때문이다.
아니 마음이란 게 인간에게 존재하는 것부터가 원죄(原罪)다.

자식을 사랑하면서 한편으로는 미워한다.
양가감정을 갖고 있다.
애증의 정이 든 것이다.
엄마와 딸의 관계는 더 복잡미묘한 메커니즘을 형성한다.
엄마는, 자식이지만 사위에게 사랑을 듬뿍 받으면
잘됐다고 생각하면서도 자기는 그런 시절을 못 살아서
시기(猜忌) 비슷한 부러움을 갖기도 한다.
동시에 요즘은 딸이 부모 세대보다 더 가난하다는 말을 듣고
딸에 대한 걱정을 놓지 못한다.
어쩌라고?
여러 층위(層位, 혈연관계와 같은 여자)를 갖고
입체적(외양, 기질, 사회적 성공 등)으로
그 관계가 정립되어 간다.

지금 『은중과 상연』이 넷플릭스에 올라와 있는데,

서로가 친구를 한 번도 이겨본 적이 없다고 말한다.

서로 상대를 선망(羨望)하는 것이다.

친구를 어쩌다 이기면 기분 좋아한다.

인생 친구 간에 어려울 땐 돕기도 하고 그러다 연결이

안 되면 오해하고 서로 할퀴어 상처 주고 다시

어떤 계기로 화해하고 동정, 연민, 질투, 열등감, 자존심 싸움,

콤플렉스, 이런 온갖 감정이 뒤섞인다.

친구 간에 얽히고설킨 심리전을 보는 듯하다.

죽어도 그 친구 앞에선 자존심을 꺾지

않으려다가 순식간에 그게 무너지기도 한다.

실은 세상에 하나밖에 없는 진정한 친구이기 때문이다.

그들의 관계는 갈피를 잡을 수 없다.

뭐가 뭔지 모르겠다.

이렇게 인간은 다면적이다.

나이, 상황과 처지에 따라 수시로 그 마음이 변한다.

여기서 나는 도저히 상연의 생을 언급하지 않을 수 없다.

왜냐하면 우선,

남과 대동소이(大同小異)하게 살지 않고 다르게 살면 그 자체가

쉽지 않은 인생이기 때문이다.

그는 42세에 안락사하러 스위스로 간다.

자길 망가뜨리다시피 하며 세상과 불화하며 살았다.

남들보다 더 힘든, 이해하기 쉽지 않은 삶을 살다 갔다.

엄마도 자기보다 은중을 더 사랑한다고 생각했다.

그 순간, 이번 생에서 은중을 죽어도

이길 수 없다는 것을 깨닫게 된다.

세상을 그렇게 보며 살았으니 얼마나 힘들었을까.

은중도 그의 생을 기록했지만 나도 조금이나마 그러고 싶다.

이대로는 그의 생이 너무 안타깝고 가련하다는 생각이 든다.

다 괜찮았고, 고생했다고 전하고 싶다.

더는 손쓸 수 없는 암에 걸려

스위스로 조력 자살하러 은중과 동행한다.

거기서 은중에게 그동안 고마웠다고 말한다.

그의 마지막 모습에 눈물이 난다.

은중도 그에 보답해 네 덕분에 내가 지금

이런 삶을 살고 있다고 말한다.

내 인생은 너로 인한 것이고,

네가 빠진 내 인생은 없다고 말하는 것 같다.

상연은 그곳에서 아마도 고단한 삶에서

영원한 안식을 찾을 것 같다.

이제 그는 좀 쉬어야 한다.

그의 짧은 생을 나도 기록하고 싶다.

어떻게 해서든 나도 토닥여주고 싶다.

맘 놓고 실컷 울 수 있도록.

그는 무엇을 남겼을까?

죽어서도,
은중에게 영원한 친구로 남은 것일까.

다시 돌아와서,
인간은 또 이런 마음도 있다.
겉 다르고 속 다른 마음.
위선적이고 가식적(假飾的)이다.
남에게 그렇다고 욕하지만, 자신도 별수 없다.
왜냐하면 자신도 본능에 따라서만 움직이는 동물이 아닌
인간이기 때문이다.

이태원 참사에서 자기 자식도 거기 갔는데,
무사했다.
안도하며 가슴을 쓸어내린다.
이런 걸 다른 유가족 앞에선 감히 밝히지 못한다.
불행 중 다행이라고.
마음속 그대로를 겉으로 표현하지 못하는 것이다.
대신, 망자(亡者)와 유가족을 먼저 생각하는 것처럼 행동한다.
그러나 속은 천만다행이라는 생각이 자신을
지배하고 있음을 부인하지 못한다.
실제 아니면서 위선(僞善)을 부리는 것이다.

원래 인간은 겉과 속이 다르게 행동하지 않으면

살지 못하고 사회가 엉망이 되어 제대로 돌아가지 않는다.
무법천지가 되는 것이다.
그야말로 야만스러운 원시 시대로의 회귀(回歸)다.
그런 걸 막기 위해 도덕이 생겨나고 그래도
안 되니까 법을 만들어 강제한 것이다.
인간의 속마음대로 하지 못하게.

그럼 어떻게 해야 하나?
일단 인간은 완벽하지 않고 여러 가지 감정이 수시로
왔다 갔다 하고 사회를 유지하기 위해 적당히
위선적일 수밖에 없다는 것을 인정하고 인간으로서
최소한의 양심을 갖고 살아야 한다는 것이고,
모르는 사람에겐 상식과 합리로 대하며 그들에게 적어도
객관적으로 생각해, 해를 입히지 않고 살면 된다고 본다.

자기만 완벽에 가깝다고 생각하는 사람이 남에게도
그걸 강요하며 문제를 일으키기 쉽다.
"넌, 왜 그 모양이니?" 하면서.
남에게 일단 해는 안 입히려고 하고 상식에 따라 살려고
노력하며 사는 수밖에 없다고 본다.
일단은 이렇게만 살아도 법이라는 이름으로
사회로부터 격리(隔離)되는 일은 없을 것이다.
인간 사회에 크게 기대할 것도, 그렇다고

기대 안 할 것도 없다.

그저 중용(中庸)의 도(道)를 지키면 된다고 본다.

양심에 따라 상식에 준해, 인간으로서의 최소한의

예(禮)를 갖추어.

이런 걸 기본 베이스(Base)로 깔고 화이부동(和而不同) 하게

사는 것 따윈 그다음에 각자 알아서 할 일이다.

사회에서 금지하는 것을 하지 말고 남에게 해를 안

입히면서 그다음에 자기 신념에 따라 살면 된다.

공자가 말한 나이 예순의 이순(耳順)대로 사는 삶이다.

인간	• 다면적이고 가식적이다.
	• 이런 인간의 부족함(실상)을 받아들이고.
	• 양심에 따라 남에게 해나 안 입히려고 노력하고.
	• 이런 걸 바탕으로 해서 자기 인생관에 따라 살면 된다.
	• 동시에 너무나 안타깝고 가여운 인생도 있다는 것을 잊지 않으면서.

헛된 시간은 없다

나는 평소에 긴장하며 책을 읽고 글을 쓴다.
그 시간을 남에 의해 빼앗기는 게 너무 싫다.
이때, 드라마는 머리에 안 들어온다.

그러나 술을 마시고, 다음날 뻗으면 드라마에 빠진다.
이때 아무 의욕 없이 보는 드라마가 오히려
글 쓰기에 더 많은 도움이 될 때가 많다.

시간은 가치가 없는 게 없다.
의지가 없는 시간이라도 의미 없이 허송한 게 아니다.

고쳐지지 않는 인간

고쳐지지 않는다.
남의 사정도 모르고 그-그 자리 없는-에 대한 대개는
안 좋은 소릴 한다.
좋은 소리는 대개는 안 한다.
해도 가물에 콩 나듯 한다.

술을 먹고 있다면 안줏거리로 딱이다.
그리면서 친한 친구는 잘 알지도 못하면서 그러지 말라고
하는데, 이게 어떤 패턴이 있다.
모이기만 하면 남 험담하고 그걸 말리는 친하게 지낸다는
사람이 있다.

이런 패턴은 인간 사회에서 안 바뀌는 것 같다.
험담하는 사람은 그저 그런 나쁜 사람이고, 그걸 말리는 사람은
주인공이거나 좋은 사람이다.
그러나 인간은 다 거기서 거기다.
그냥 이런 패턴이 안 바뀌고 계속 무슨 힘이 있는지 계속 유지,
영구적이란 얘기다.

이런 것 때문에 초등하고 교사들이 자살을 택하는 것이고
동네에서 자기 장애인 자식을 제발 받아달라고 그 부모들이
무릎을 꿇고 통사정한다.
자기 자식 기죽이지 말라는 말이고,
자기 동네 아파트값 떨어진다는 말이다.

인간 세상은 너무나 냉혹하고 고쳐지지 않는다.
그래 놓고는 자기는 아닌 척 시치미를 떼고
자길 합리화한다.
나만 그런 게 아니고 누구라도 내 처지에 놓으면
그럴 수밖에 없을 거라고 자기를 정당화한다.
참, 인간은 야비하고 음흉하고 못됐다.

연애, 자기 방식대로

자기 방식대로 연애하는 게 좋다.
안 그러면 나중에 미련과 아쉬움만 남는다.
맘껏 연애해야 한다.

남자는 그 기질상, 처음에 빨리 달리려고 보챈다.
여자는 그 기질상, 천천히 가길 원한다.

사랑이 무르익으면 남자는 잡은 물고기라고
서두르지 않지만, 여자는 반대로 불안해하고 보챈다.

그 방식대로 하면 된다.
안 그런다고 상대가 알아주는 것도 아니다.
자기가 좋으면 좋은 것이다.
안 좋으면 아무리 해도 안 된다.
자기 방식대로 연애를 실컷 해야 후회가 없다.

어른의 독서

어느 정도 나이가 들어 독서의 묘미(妙味)를 알고
거기에 빠지는 것은-이 경우 독서가 평생 간다-
자기 인생 체험과 함께여서 독서 내용이 너무나
잘 이해가 가기 때문이다.
공감력을 향상하는 것이다.
그러면서 책의 이면(裏面)과 행간을 이해하게 되는 것이다.
어린애는 겉만 그대로 받아들이는데, 어른은
"아마도, 이게 이렇게 된 것은 이래서일 거야."하고
그 인과(因果)까지 생각하는 것이다.

이 경우 비로소 자기는 바로 이 독서와
맞는 사람이라는 소중한 깨달음을 얻을 수도 있다.
그러면 독서가 자기 남은 생의 동반자가 되는 것이다.

자기가 생각한 것을 책이 많이 다뤄
점점 재미가 생기는 것이다.
그래 서로 시너지와 콜라보(Collaboration) 효과가
발생하는 것이다.
독서해서 사고력이 늘고,

사고력이 느니 독서량이 증가하는 것이다.
생각이, 그럴 수도 있다는 개방형으로 바뀌는 것은 물론이다.
겸손해진다.
책의 세계에서 자기보다 더 많이 알고 통찰력(Insight) 있는
사람을 늘 새롭게 만나기 때문이다.

어린애는 생각의 폭과 체험이 적다.
그러나 책은 그게 깊고 방대하다.
그게 서로 안 맞아 이해에, 어릴 땐 한계가 있는 것이다.
그런데 애들이 읽는 책도 애들이 아니라
어른이 쓴 책이 대부분이다.
어른의 삶이 어린애보다 책 내용과 더 가깝다.
자기 어릴 적, 과거의 이야기라도 인간은
어른인 지금의 자기 위치에서 이야기를 쓴다.
어른의 관점(Perspective)이 들어간 것이다.
작가(Author)가 어린이를 대상으로 한 책을 썼더라도
어린이보단 어른이 거기서 더 많은 것을 얻을 수 있다.
같은 책이 나이에 따라 다르게 읽히는 이유다.

인간은 자신과 관련되어야 거기에 관심을 둔다.
자기와 너무나 동떨어지면 관심과 흥미도 같이 떨어진다.
그게 시대(Era)와 지역이 같아야 더 잘 책이
읽어지고 이해되는 건 그래서 그렇다.

어린애는 아무래도 자신과 관련된 게 어른보단 적다.
그래 관심과 흥밋거리도 그 폭이 좁을 수밖에 없다.
어른의 독서가 자기를 찾고, 자신의 경험과 함께하는
진정한 재미를 주기에 진짜 독서라고 할 수 있다.

한글날,
이 가을에, 독서에 빠지자!

글은 이래야

글이 자기에게 너무 어려우면(이러면 곧 재미도 없게 된다)
솔직히 그 책을 바로 덮는 게 낫다.
자기에게 거의 도움(영감, 사고력, 논리력 향상에)이
안 되기 때문이다.
작가를 끝까지 이해하려고 버티면 안 된다.
그건 시간 낭비에 지나지 않는다.
재밌고 쉬운 책만이(아니면 이해가 잘 되는)
자기에게 살이 되고 피가 되는 책이다.

한 방향으로 말하면서 중간에 필요한, 할 말을
삽입해야 하는데, 중간에 삽입만 말이 더 중요한 것처럼
보이면 그 글은 문제가 많은 것이다.
일관성과 통일성이 부족한 글이다.
"그래서, 도대체 무슨 말을 하려는 거야?" 하는
말이 곧 독자의 입에서 튀어나오게 된다.

전체 논리에 이 삽입한 내용이 독자 이해에
도움을 주면 되는데, 그게 관련이 별로 없거나
너무 강해 주객이 전도되는 글이 되어선 안 된다.

삶이란

인간 삶은 너무나 광범위해서 한 마디로
어떻다고 말하기 힘들다.
그냥 내가 아는 것만 말할 수밖에 없다.
왜냐하면 그동안 인류가, 철학자나 문학에서 수만 년 동안
다뤄와도 지금도 계속 묻는 게 '삶이란'에 대한
주제이기 때문이다.
그래서 나는 겉으로 봐서 '삶이 무엇인 것 같다'와
'내가 지금까지 살아보니 이런 것 같다',
'그래서 이런 식으로 살아가는 게 좋은 것 같다'로
한정할 수밖에 없다.

겉으로 봐서 삶은 우리에게 우연으로 주어졌다.
필연이 아니다. 내 의지로 태어난 것도 아니다.
이런 외모와 이런 성격으로 태어난 것이다.
무엇엔 내가 이게 장점이고, 무엇엔 이게 약점인 것도
다 우연히 내 몸에 온 것이다.
내가 그렇게 되고 싶어서 그렇게 된 게 아니다.
이 시대에, 대한민국에 하필 나로 태어난 것이다.
그리고 개돼지가 아닌 인간으로, 여자로, 남자로 태어난 것이다.

그냥 우연히 이렇게 이 세상으로 현시대에
뚝 떨어진 것이다.
그걸 거부해도 소용없다.
그런다고 나 어디 안 간다.
거부한다고 불평불만이 있다고 나를 되돌릴 수 없는
운명에 놓여 있는 것이다.
그냥 주어진 대로 살아가야 한다.
팔자(八字)다.
그러니 그냥 우연히 주어진 이것을 가지고
살아갈 수밖에 없다.
과정이 있겠지만 결국 받아들일 수밖에 별도리가 없다.
거부한다고 되는 것도 아니고 그래봐야
힘만 빠지고 결국 헛수고로 귀결되기 때문이다.
난 재벌 3세나 영국의 왕세자로 태어나야 했는데,
이 모양 이 꼴로 태어난 것에 후회해 봤자 아니 후회가
아니라 거부해 봤자 아무 소용이 없다.
돌고 돌아서 결국 주어진 나에게로 다시 온다.
도로 아미타불(阿彌陀佛)이다.
어떻게 해도, 마무리 머리를 쥐어짜도 그냥 지금 주어진
이 상태로 살아갈 수밖에 없다는 결론만 맞이할 뿐이다.
겉으로 봐서 인생은, 삶은 이렇게 우연히
내 의지나 바람으로 된 게 아니다.
재수 없게, 운 좋게 이렇게 태어난 것뿐이다.

그러니 비관하거나 건방 떨 것 없다.

자기 노력과 능력으로 그렇게 된 게 아니다.

그러니 한없이 삶에 겸손해야 한다.

그런데, 지금까지 내가 삶을 살아보니 어떤 것 같다가

누구나 있을 것이다.

명확하게는 아니어도 어렴풋하게나마

이런 것 같다는 건 있을 것이다.

살아본 결과, 자기만의 삶을 바라보는 관점이다.

자기 경험에 비추어 나름 삶에 대한 정의인 것이다.

자기에게 생긴 삶을 보는 인생관, 세계관인 것이다.

내가 보니까 태어난 것도 우연이고 사는 것도 자기가

가진 기질이나 체질(體質)에 많이 좌우되는 것 같다.

삶은 결국 자신이 선택한 것이고,

그것에 대해 자신이 책임을 져야 하는 건 물론이다.

내가 지금 이렇게 사는 건 여건이 그렇게 되어

그런 면도 없지 않지만 결국은 자신이 선택한 결과다.

남과 환경 탓해 봐야 아무 소용도 없다.

앞으로 어떻게 될지 모르지만 지금

이 모습은 자신이 선택한 결과다.

지금 이렇게 살지만 여기서 벗어나 다른 꿈을 위한 과정으로

보는 것도 자기의 성정(性情), 체질이 작용한 것이다.

실은 누가 아무리 말려도 자신이 하고자 한 것을

지금 나는 하고 있는 것일 수가 많다는 것이다.

내 판단과 의지가 들어간 것이다.

참고로, 나는 소음인(少陰人)이라 뭔가 현실보단 이상을
추구하려는 경향이 강하다.

먼 곳을 바라보며 공상(空想)을 많이 한다.

요즘은 멍때리는 시간과 책 읽기를 모여서 한다고
하는데 그걸 왜 모여서 하나 이해가 안 가는 면이 있다.

"혼자서 하는 게 핵심인데, 왜 굳이 모여서?"

나는 뜬구름 잡는 꿈을 자주 꾼다.

그러면서 동시에 현실을 받아들이고 실용적으로 살면서
내 나름대로 뭔가 낭만, 꿈을 찾는 것이다.

그래서 글로 내 이상(理想)을 추구하려고 하는 것인지도 모른다.

그리고 MBTI도 INTP여서 내향성(Introversion)이 강하고

즉, 이런 '삶이란 무엇인가?'의 물음에
뭔가 답을 찾으려고 고심한다.

안으로 향하는 기운이 확실히 강하다.

외부로 돌면 금방 피곤한데 내부로 들어가면 충전된다.

사물을 볼 때 피부로 느끼는 감각(Sensing)보단 그것의
직관(Intuition)을 알려고 한다.

'삶이란'은 삶의 본질을 알고 싶은 것이다.

타인에 대한 공감과 연민(Compassion), 그런 것도 있지만
약간 잔정이 부족해 그런 위기와 어려움을 극복할
돌파구를 찾으려는 유형이다.

과정을 건너뛰고 얼른 해결책으로 직행하려고 한다.
사람이 다치면 안아주고 위로하는 것(Feeling)보단 그 사람을
어떻게 하면 치료할 수 있나 그 방법을
찾아내려는 유형(Thinking)이다.
그리고 사회의 어떤 틀(Judging) 같은 것에서 벗어나 자유롭게
노닐려고 하는 유형이다.
그래서 종교가 없는 것인지도 모른다.
종교를 사고 확장의 한계로 보는 것이다.
나를 막는 제한이 없는 유유자적(悠悠自適)한 삶을 추구한다.
한마디로 자유로운 영혼(Perceiving)이다.
이처럼 삶을 살아보니 각자 자기 나름대로 삶을 대하는,
결국 나는 이런 삶을 택해 살고 있네, 하는 게 있을 것이다.
자기가 지금 선택한 삶을 살아가는 방식인 것이다.
여러 가지 이유가 있지만 자기가 결국 선택한 것이고,
자기가 책임을 져야 하는 건 맞다, 지금 자기 삶에 대해.

그럼 어떤 자세로 살아가야 하나가 남는다.
나는 지금 삶이 만족스럽지-대부분은
만족스럽지 않을 것이다-않지만 나는 이런 꿈을 품고
살아갈 것이다, 하는 게 각자 있을 것이다.
사실 그냥 산다고 하지만 인간은 어떤 계획을 분명히
가지고 있다.
막연하더라도 앞으로의 계획이 있을 것이다.

살아 있다는 건 계획이 있다는 것이다.

그게 없으면 죽은 것이다.

그걸 향해 가는 게 자기 나름의 지금 삶의 자세로 나타난다.

내가 지금 이러는 이유에 해당하는 것이다.

비록 그게 안 이뤄질 수도 있지만

현재 내 앞으로의 생각인 것이다.

희망인 것이다. 하고자 하는 것이다.

내가 보기엔 그게 결국 사랑인 것 같다.

자기가 사랑하는 걸 하겠다는 것이다.

인간 삶은 솔직히 사랑을 향해 가는 것 같다.

사랑하는 사람을 위해, 자기가 진정으로 하고 싶은 것,

심지어 자기 목숨과 맞바꿀 수 있는 것,

즉 사랑하는 그 무엇을 위해 지금 삶을 영위하는 것이다.

신(神)에 비는 것도 다 그렇다.

사랑하는 걸 이뤄달라는 것이다.

인간 삶은 사랑과 같은 것 같다.

인간의 가장 큰 특징인 것 같다.

살다, 삶, 사랑도 같은 말에서 파생(派生)된 것처럼

발음도 비슷하다.

즉, 삶은 사랑을 추구하며 지금 앞으로 나아가는 게 아닐까?

그러면서 자기에게 어쩔 수 없이 주어진 체질을 잘 살려,

아니 의지적으로 최대한 발휘해 사랑을 향해 살아가는 게

좋은 삶 같다는 생각이 든다.

이게 부족하나마 내가 내린, '삶이란'에 대한

내 좁은 소견(所見)이다.

삶이란	• 내 삶은 우연히 주어진 것이라 되돌릴 수 없어서 그냥 그걸 가지고 살아가야 한다. 불평해 봐야 아무 소용 없다.
	• 삶은 결국 내가 선택해서 지금 이렇게 살아가는 것이고, 그건 자기에게-그것도 우연히-주어진 체질이 많이 좌우하는 것 같다.
	• 자신의 지금 그리고 앞으로의 희망은 사랑이고, 결국 그걸 향해 가는 것 같고, 자신이 갖고 있는 기질을 최대한 살려 사랑을 완성해 보겠다는 삶이 최선이란 생각이 든다.

인간의 의존

인간은 막다른 골목에서 자기가 의지할 수 있는 곳이
있다는 것을 알면 안심한다.

그게 신일 수도 있고 사랑하는 사람,
가족일 수도 있다.
인간은 자기가 믿는 것에 의존한다.

그건 자기가 만드는 게 아니라 저절로 우연히 주어지는 게
대부분이다.
이게 인간의 한계다.

이렇게 무의식적으로 의존하게 되는 것은
저절로 생긴 것인데,
그러니 자기에게 주어진 이런 행운에 대해
항상 겸손한 마음을 가져야 한다.
그건 운이 좋아 자기에게 주어진 것이지
자기 의지로 만든 게 아니기 때문이다.

진정한 친구

나는 우리가 이상으로 품고 있는 관포지교나
지기지우(知己之友)를 말할 생각보다는 현실에서
진정한 우정에 대해 말하려고 한다.
이런 사자성어는 인간이 현실을 사는 어려움에서 조금이나마
벗어나고자 그랬으면 하는 것을
겉으로 드러낸 것일 수도 있는 것이다.
현실에서 그런 걸 찾기 힘드니까, 그것을 이상으로 품고
견디고자 하는 뜻에서 만든 관용구라는 생각이 더 든다.

원래 인간은 현재 부족한 것을 부르짖는다.
전에 세월호 때 의리가 사라져 의리를 그렇게 외친 것이다.
민주주의가 실종되면 독재 타도를 주장하며 길거리로
나와 데모를 한다.
서로 죽고 죽이는 전쟁이 끊이지 않는 난세에
배신이 난무하면 부족한 의리와 우정을 찾는 법이다.
지금 그게 부족하다고 보기 때문이다.

지금 행복 하려고 너도나도 다투는 세상 같다.
한시도 행복하지 않으면 잘 못 사는 것으로 간주해

너도나도 행복 배틀(Battle)에 뛰어들었다는 생각이 든다.
한순간이라도 행복하지 않으면 불안해서
오히려 불행에 빠진 것 같기도 하다.
행복 강박에 빠졌다는 생각이 든다.
이 시간 행복하지 않으면 남에게 지는 것 같으니까
행복 경쟁에 뛰어들어 오히려 불행해지니까 그렇게나
행복을 끝없이 역으로 찾는 것 같다는 생각도 든다.
원래 삶의 진실은 고해(苦海)라는데도.

부처는 삶이 이렇게 고해인데 번뇌에서 벗어나려면
어떻게 해야 해탈(解脫)의 경지에 이르는가에 대해 평생을
두고 수행정진(修行精進)했다.
거기서 얻은 게 욕망에 대한 집착에서 벗어나면 그나마
평정심을 얻을 수 있다고 했다.
강박과 집착을 내려놓는 삶이다.
이렇게 너무 행복 하려고 집착하게 되면 오히려 행복이
불행으로 바뀔 수 있다는 거다.
그런 악순환 속에서 사람들이 행복 하려다가 오히려
불행에 빠져 모두가 행복 경쟁에 뛰어들며
그렇게 현재 행복을 찾는 건 아닐까.
행복을 찾으려다가 불행에 빠진 격이다.
생의 본질은 그게 아닌데 지금 행복하지 않다고 느끼는 것이다.

진정한 우정도 이런 탄생 배경이 있다고 생각해,
너무 현실을 비관하는 것 같아도 현실을, 자기 바람이 아닌
있는 그대로 바라봐야 그런 현실이 닥칠 때
충격이 덜하고 덜 비관하게 된다고 본다.
오히려 너무 낙관만 하다가 큰 낭패를 볼 수 있다.
그러나 너무 낙관이나 비관보단 현실을 직시해야 한다는 걸
강조하고 싶다.
현실은 낙관이 먹힐 때도 있고 비관이 먹힐 때도 있다.
낙관도 비관도 동시에 존재한다.
그렇지만 사람이 바라는 이상(理想)대로는 세상이
움직이지 않는 것만은 확실하다.

피붙이나 남녀 간의 사랑이 아닌 진정한 친구,
우정에 대해 말하면 그건 주어진 환경이나 사람의 타고난
성정(性情)에 따라 다를 수 있다고 본다.
남자는 우정보단 이해타산에 따라 만나는 것 같고, 여자는
수다를 떨면서 자기 말을 공감해 주고 상대의 말을 들으면서
거기에 동조하고 같은 편이 되어 적을 같이 욕하는,
그러니까 그게 여자로서 사는 데 꼭 필요해서일 거라고 본다.
대개 필요는 발명의 어머니인 게 맞아들어가기 때문이다.

그리고 여자라고 꼭 그런다고는 할 수 없지만, 성격이
내향적이고 MBTI가 F보단 T에 가까워 항상 아니라

좀 떨어져 지내다가 가끔 만나는 것을
더 선호하는 유형일 수도 있는 것이다.

그런데도 남자와 여자의 진정한 친구, 우정은 좀
생래적(生來的)으로 차이가 있는 것 같다.
원시 시대에 남자는 동물 사냥이라는 한 가지 목표만
가지고 질주했다.
그게 최대 목표라 다른 건 생각 안 하고 그것에만 집중했다.
지금 남자들이 자동차에 정말 진심인 것도, 말 타고 또는 뛰는
질주의 본능(한 가지 표적에 집중)이 있어 그런 것 같다.
그래 백화점을 가도 꼼꼼히 살피고 고르는 게 아니라
자기가 점찍은 물건만 사면 그만 바로 나오는 것이다.
즉, 혼자의 목적을 위해 그것만 바라보고 가면 되었다.

대신 여자는 집단생활을 했다.
혼자 독불장군으로 있다가는 따돌림, 왕따를 당할 수 있다.
좀 여유가 있을 때 이웃을 도와야 내가 어려울 때
도움을 받을 수 있고, 하여간 어려움과 기쁨을
서로 나누는 것에 상대적으로 익숙하다.
혼자 있는 게 아니라 같이 있으니까
서로 대화에 능숙하기도 하고.
커뮤니케이션과 공감 능력이 더 발달한 것이다.
아이를 주도적으로 길러 그게 없으면 또 곤란하기도 하니까.

그래 말싸움에서 여자를 이길 수 없는 것 같다.

그래야만 식용 버섯이 어디 가면 있고 열매와 채소가
어디 가야 모여 있다는 것을, 소식통을 통해 들어야 먹을 것을
확보할 수 있다.
안 그러면 혼자만 모를 수 있다.
그리고 독이 있나, 혹시 상한 것은 아닌가 냄새를
맡아보고 이리저리 해롭지는 않은지 일일이 만져본다.
그래 백화점 가서 눈 쇼핑 자체를 즐기고 물건을 살 때도
가게 주인에게 그냥 사는 게 아니라 이것저것 물어보고
따진 다음에 산다.
물건을 하도 만져서,
"눈으로만 보세요!"라는 팻말이 걸려 있을 정도다.
열매를 따와야 해서 여자들은 그렇게나 가방에
집착하는 것인지도 모른다.
이렇게 더 친구가 필요한 쪽은 남자보단 여자인 것이다.
남자는 합동으로 짐승을 같이 몰 때나 필요하지
즉, 이해관계가 맞아떨어져야 뭉쳐 협력한다.
남녀 간엔 우정에서 이런 차이가 있고, 여자나 남자는
개인적인 기질의 차이로 친구가 더 많이 필요한 사람도 있고
덜 필요한 사람도 있을 것이다.

그걸 좋다, 나쁘다, 하는 게 아니라 그걸 잘 활용하는 게

좋다고 본다.

이왕 이런 특질, 이를테면 여자로 태어난 것, 내가 소음인이고
혈액형이 A형이고 MBTI가 INTP이고 한 것은
자기 노력으로 그렇게 된 게 아니라 그냥 우연히
자신에게 주어진 것이다.
즉, 타고난 팔자(八字)다.
그래 친구가 있어야 하고 아무리 우정이 중요하다고 해도
자기는 사람을 만나면 피곤하기만 하고 오히려 스트레스만
쌓이면 남들이 하라는 대로 하는 게 아니라
안 만나고 가끔 대화가 통하는 사람만 만나면 되는 것이다.
주어진 팔자가 그런 걸 어쩌겠나.

친구를 만나 그것으로 충만해지고 뭔가 후련하고
공감하는 친구가 있어 자기 편이 늘 거기에 있는 것 같아
든든하면 친구와 자주 만나 수다와 술 한잔하는 것도
좋은 것이다.
자기에게 맞는 것을 하면 된다고 본다.
성별, 타고난 기질이 그러니 남이 그래야 한다고 해서
따를 필요는 없다.
내게 맞는 것, 편한 것, 행복한 것을 하면 된다.
그러려면 자신을 아는 게 중요하다.
그리고 자신을 알아 나는 이런 유형이야, 라는 걸
깨닫고 자기가 하고자 하는 대로 하면

그게 잘 사는 것 같다.

물론 진정한 친구 같아 평생을 같이 즐거우나 슬프나
함께하는 남도 있을 것이다.
그게 유지되면 진정한 친구로서 서로 아끼고 도우며
어려울 때 보살피고 기쁨을 함께하면 된다.
자기 마음 가는 대로 하면 된다.
남에게 좋다고 내게도 좋으란 법은 없다.

나는 슬픔은 함께해도-지금까진 아니 당분간은 쭉~
진정한 기쁨은 자식이 잘될 때 부모만이 같이
그 기쁨을 나눌 수 있다고 본다.
경사엔 참석 안 해도 되지만 애사엔 꼭 참석하라는 말도 있지만,
친구는 어려울 땐 기꺼이 돕는다.
그런데 같이 친하게 지내다가 친구만 잘되고 자기는
아니면 그게 유지될까, 물론 겉으로야 축하한다고 하겠지만
시기와 질투로 아마도 그 관계가 오래가진 못할 것 같다.
절교(絕交)의 수순을 밟을 것 같다.
부모만이 진정한 기쁨을 나누는 관계라고 본다.

인간은 자기 역할이 있다.
페르소나다.
역할에 따라 하는 생각, 말, 행동이 다르다.

가정에서의 아버지와 직장 상사는 같은 사람이지만 다르다.

부모는 진정한 기쁨을 함께하는 관계이고
사랑하는 이성은 같이 있으면 즐겁고 금방 헤어졌지만 또
보고 싶어 막 설레는 관계이고, 직장 동료는 같이 일을 하며
성과에서 일의 보람을 찾고, 취미로 만난 동아리 회원들은
직업이나 사회의 무거운 짐에서 벗어나 마치 동심으로
돌아가 놀이로만 뭉친, 같이 좋아하는 것을 순수하게
나누며 즐기는 관계이고, 친구는 늘 같이
있는 것은 아니어도 만나서 회포를 풀고 예전의 추억들을
같이 공유하며 이런저런 얘기와 한 잔의 술로 마음을 나눌 수
있는 관계라고 본다.
그 역할이 다 있는 것이다.
우정만 나누거나 사랑만 하거나 식구들하고만 늘 붙어 있거나
직장에만 매달려 워커홀릭으로 살거나 동호회에 나가
취미 활동만 하거나 할 수는 없는 것이다.
일하고 사랑하고 노는 게 균형을 이뤄야 한다.

이런 가운데 진정한 우정도 인간이 사회생활을 하는데
아니 인생을 살아가는데, 필요한, 한가지 요소라고 생각한다.
진정한 친구는 사실, 엄밀히 말해 현실에서 존재하기 힘들며
내가 사는데 위로받고 공감하기 위한 인간으로서의 한 역할,
친구로서의 한 역할만 맡은 사람이라고 본다.

진정한 친구라고 해서 부모, 직장 상사, 애인, 부부,

동호회 멤버의 역할을 다할 수는 없다.

그냥 친구의 역할만 할 뿐이고

사람에 따라 그게 좀 두텁고

얇음의 차이만 있을 뿐이다.

진정한 친구라고 해서 다른 사람이 하는 역할까지

내게 전부 할 수는 없다.

그게 가능하지도 않거니와 만약,

친구가 부모 노릇까지 하려고 들면 당장 거부할 것이다.

부모나 애인에게선 채워지지 않는 부분을 친구에게서

채우려는 것이다.

또 친구가 채우지 못하는 부분을

연인만은 채워줄 수 있는 것이다.

진정한 친구	• 진정한 친구는 그냥 인간이 만든 이상인 것 같다.
	• 생래적으로 남녀에 따라, 사람 기질에 따라 우정의 비중이 다른 것 같다.
	• 그러니 사회 통념이 아닌 주어진 기질을 잘 활용하며 사는 게 잘사는 것 같다.
	• 인간은 페르소나에 따라 자기 역(役)이 있는데, 우정도 그 역할 중 하나인 것 같다.

인간 세상에 이상을 구축하면 후회가 따른다

인간 세상에선 너무 기대해도 안 되고
너무 기대하지 않아도 안 된다.
거기선 적당히 하고, 따로 가상(假想)에 자기 이상향을
구축하는 게 인간 세상에서 최고로 잘사는 비결이다.
그 양쪽을 왔다 갔다 하는 것이다.
서로 부족한 점을 채우는 것이다.

그 이상이 종교인 경우가 많은데, 그것도
인간 세상에 기반을 둔 거라 너무 기대하면
낭패를 볼 수 있다.
인간의 본질이 모순이고 부조리이기 때문에
인간 세상에서의 그 이상도 그 속성을 따르지
않을 수 없기 때문이다.

그래 인간 세상에 이상을 구축하면 안 된다.
결국 자기 속에서 허무하게 무너지기 때문이다.
이상은 인간 세상에 기반을 둬선 안 된다.
이상이 인간 세상에선 안 통하기 때문이다.
그래서 자기가 생각하는 이상(理想)은
인간 세상과 떨어진 곳에 지어야 한다.
서로 떨어져서 채우는 게 낫다.

익숙함

집 떠나면 개고생이고, 아무리 추레해도 집보다
편한 곳은 없다고 한다.
이게 왜 그런 고하니 익숙해서 그곳이
이미 자기와 충분히 동화(同化)되었기 때문이다.

장소뿐 아니라 시대도 그렇다.
현대에서 갑자기 조선시대로 돌아가면
엄청 불편할 것이다.
시골에서 걸어서 서울로 과거 시험을 보러
산을 넘고 물을 건너 며칠을 두고 가야 할 것이다.
가다가 주막을 만나 맘에 드는 처자(處子)를 만나면
과거 시험도 때려치우고 거기서 눌러살 수도 있는 것이다.
너무 오래 걸리기 때문이다.
지금 생각하면 엄청 불편한 것이다.

전엔 재래식 변소가 편했다.
쪼그려 앉아 볼일 보는 게 편했고 양변기에 편히 앉아
볼일을 보면 뭔가 하다 만 것처럼 찜찜한 구석이 남았다.
그래 재래식으로 달려가 다시 볼일을 마저 보기도 했다.
"역시 변소는 이래야지!" 하는 것이다.

예전엔 안방에서 양반다리를 하고 앉는 게 편했는데,
요즘은 의자에 앉아야 편하다.
상갓집 빈소에서 절을 하고 식당에서 밥을 먹을 때
온돌바닥에 앉아 밥을 먹으면 이젠 삭신이 쑤시고
오금이 저려 못 앉아 있을 것 같다.
그만큼 양변기와 의자에 앉는 게 이젠
더 익숙해져서 그런 것이다.
그래 지하철도 이젠 쪼그려 앉아 용변(用便)을 보는
화변기(和便器)를 좌변기(坐便器)로 교체 중이다.
승객도-나이 지긋한 사람 말고는-화변기이면
도로 나온다.

자식과 오래 같이 살다 갑자기 독립해 떨어지면
처음엔 힘들다가도 시간이 갈수록
자식과 떨어진 지금에 물들어간다.
그 상황에 적응해 그게 오히려 더 익숙해진 것이다.
시간이 갈수록 점점 더할 것이다.
나중에 자식이 휴가라도 나오면 오히려
그게 더 낯설 것이다.
"부모가 이래도 되나?"
죄책감이 들 정도다.

시집을 오고 장가를 가서 친정이 이젠 지금

우리 집보다 낯설고 어머니가 해주던 밥이 결혼 초기엔
그리웠다가 이젠 부인이 해주는 밥이 더 입에 맞는 것
같고 어쩌다가 어머니가 해주는 밥은
−솔직하게 표현은 못 하지만−뭔가 입에 붙지 않는다.
아내가 해주는 밥에 길들고 더 익숙해졌기 때문이다.
인간은 이렇게 간사하고 환경에 맞게 변신하는 동물이다.
개구리 올챙이 적 생각을 못하는 것이다.
거기에 물들어서 그런 것이다.
독립해서 나와서 산 지가 오래될수록 본가에 들러
어쩌다 자면 낯설어서 잠을 설치기도 한다.
심지어 전에 자신이 쓰던 방인데도 그렇다.
자기도 그 상황에 한동안 적응이 안 되어 당황한다.
완전히 역전되었다.

생각해 보면, 이렇게 내게 낯익고 익숙한 것이
내 인생을 다 채우는 것 같다는 생각이 든다.
습관으로 인생은 구성되었다고 해도 과언이 아닐 것이다.

전엔 남녀칠세부동석, 남존여비, 남녀상열지사(男女相悅之詞)가
대세였는데 지금은 이게 낯설어 함부로
입 밖에 내지 못한다.
이젠 그게 안 낯설기 때문이다.
거기에 적응해 가고 있다.

이걸 가만히 봐라.

익숙한 것을 인간은 그냥 하면서(생각 없이) 지낸다.

그게 편하니까.

독재에 물들어 그것에 익숙하면 오히려 "그때가 좋았는데!"

하며 향수에 젖는다.

"그저 저런 새끼는 삼청교육대에 보내고, 남산 대공분실에

끌고 가서 물고문해야 정신을 차리지!"하고 말한다.

그걸 편하게 여기고 심지어 그리워하는 것은

한 가지밖에 없다.

그게 익숙하고 자기 몸에 배서 그렇다.

그게 내 인생을 온통 구성해 지배했기 때문이다.

세뇌(洗腦)되어 가스라이팅 된 것이다.

그 세계가 전부이고 심지어 옳은 것이라고 여긴다.

그게 모든 가치의 기준이 된다.

그걸 잣대로 다른 것을, 나쁘고 좋다며 평가한다.

외국에 나가면 자기 나라를 기준으로 생각한다.

그게 익숙하고 습관, 문화, 정서로 굳어졌기 때문이다.

분단이 길어질수록 남북통일이 어려운 게 이래서 그렇다.

남북이 만나 김정은에 대한 안 좋은 소리를 하면

―솔직한 마음을 털어놓으면―아마 대판 싸움이 일어날 것이다.

각자 자신에게 익숙한 게 다르기 때문이다.

누구나 자기에게 익숙한 게 맞는 것이다.

이처럼 익숙함과 습관이 결국 인생을 구성하고
그게 편하고 좋은 것이라고 여긴다.
자기가 살아온 환경이 맞는 것이 되었다.

이러니 나쁜 것은 익숙해지기 전에 거기서 벗어나야 하고
민주주의 정착, 성평등, 전쟁 종식, 개성 존중,
소수자 차별 금지, 빈부격차 해소, 기후 위기 극복,
다양성 추구와 같은 좋은 것에 익숙해질 필요가 있다.
왜냐하면 그 익숙함과 습관이 그 사람을 그렇게 만들고
그게 그 사람의 인생을 다 차지하기 때문이다.
인류가 그것에 익숙할수록 더 좋은 세상이 된다.

좋은 것[정치적 올바름, 인류의 이상(理想)]은 점점
익숙해지려고 노력하고, 나쁜 것(이상과 상반되는 것)은
습관과 익숙함이 붙기 전에 떨쳐내려고 노력해야 한다.

그걸 선택하는 능력(좋은 것에 익숙해지기)도
자기의 편협한 세계에서 벗어나
(이게 말처럼 쉬운 게 아니다, 왜냐하면 자기 세계가
전부이고 옳다고 믿기 때문이다) 다른 세계도 보며
인류가 추구하는 보편적인 가치에 익숙해져야 가능하다.

그런 PC(Political Correctness, 정치적 올바름)에 습관이 붙어
진정 자기 것으로 체화(體化)해야 한다.
그래야 희망이 있다.

익숙함	
	• 익숙함이 편해 거기에 차츰 물들어간다.
	• 좋은 것에 익숙해지려고 노력해야 한다.
	• 그러려면 자기 익숙함에서 나올 능력을 길러야 한다.

개발만이 능사가 아니다

일본이 그렇다. 전에 것을 그대로 보존한다.

대개 보면 자기 것에 대한 자부심(Pride)이 강할수록
그대로 보존하려고 노력한다.
왕가(王家)를 봐도 그렇다.
영국이나 일본처럼.

우리나라는 자기 것에 대한 자부심(自負心)이 약해 큰일이다.
산에 올라가서 아래 펼쳐지는 풍경을 보노라면
온통 아찔하고 아슬아슬한 고층 아파트와 회색 도로뿐이다.
실망이다.
드라마 사극(史劇) 찍을 때도 여기저기 보존 아닌
개발된 곳 천지라 그걸 피하느라 애 좀 먹을 거란
쓸데없는 걱정까지 든다.

종묘 주변 개발하면 안 된다.
개발만이 능사가 아니다.
보존도 중요하다.
전에 살던 골목이 깨끗한 아파트로 흔적도 없이

사라지면 그 추억까지 사라지는 것이다.

그 느낌을 소환하려 모처럼
어릴 적 골목을 다시 찾았는데, 그게 온데간데없이
사라져 없다면 기분이 어떻던가.

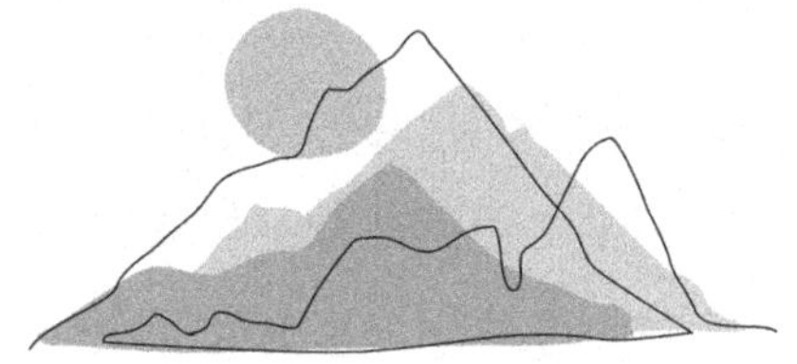

행복한 미소

미소에도 여러 가지가 있다.
직업적 미소도 있고 진짜 즐거워서 웃는 미소도 있다.
전에 은행이나 백화점 같은 데서 입꼬리 올리기 미소를 배워
퇴사하고도 사람만 보면 자동으로 웃기부터 하는 미소는
직업이 나은 부작용이다.
일종의 직업병이다.
왜 그렇게 웃느냐고 하면 전에 직장에 있을 때
그게 몸에 배서 그렇단다.

이런 건 자기 필요에 의한 억지웃음에 가깝다.
자발적으로 내는, 마음으로부터 우러나오는
미소가 아니다.
그러나 평소 별로 웃지 않던 사람에게서, 지나면서
살짝 비치는 미소는 그걸 본 사람을 기분 좋게 만든다.
그 웃음은 거의 보기 드문 미소이기 때문이다.

접대성 미소는 나를 헷갈리게 한다.
그는 내가 반갑지 않은데도 그냥 웃어준 것이라 생각해
나중에 그걸 알고는 미소를 받았지만 내 기분은

그렇게 좋지만은 않다.

뭔가 이용당한 느낌이고

(나를 사람이 아닌 상품 취급한 것 같고)

내가 그에게 억지웃음을 짓게 했다는 생각까지 들게 만든다.

이런 미소는 필요하기도 하지만,

솔직히 그걸 하는 사람도 입꼬리가 작위적(作爲的)으로 올라가

스트레스가 쌓이고 받는 사람도 자기가 반가워

그런 것은 아니라는 걸 알고는

기분이 좋지는 않기 때문이다.

물론 그게 필요할 때도 있다.

식당 등 서비스업종은 직원이 웃으면 손님이라면

안 좋을 건 없다.

미소엔 이런 차이도 있다.

자기를 기분 좋게 해주기 때문에 돈을 기꺼이 내는 것이다.

일반 식당에선 식비를 까다롭게 따지다가도

유흥업소에 가면 과감하게 돈을 쓴다.

자기를 기분 좋게 해줬다는 이유에서다.

서비스료, 봉사료인 셈이다.

또, 같은 음식이라도 반찬으로는 싸지면

그게 술안주가 되면 배나 비싸다.

손님의 기분에 따라 돈을 다르게 받는 것이다.

이러면 술꾼이 호구 같지만,

그들은 대신 그때만은 기분이 좋단다.
그 기분 비용을 냈다는 것이다.
딴엔 낭만파이고, 기분파란다, 자신이.

일본은 가게에 들어가면 직원이 무조건 웃는다.
편의점 아르바이트생이 유니폼을 입고 핸드폰을 들여다보는 건
언감생심(焉敢生心)이다.
그러나 한국은 안 그런다.
그렇게 되면 갑질로 그 사업주가 욕을 먹는다.
고객 갑질이 하도 심해 지금은 대표전화를 하면 처벌을
받을 수도 있다고 경고한다.
감정 노동자를 배려하라는 멘트다.
그래 고객 갑질이 좀 줄어든 면이 없지 않은 것 같다.
그걸 들으며 마음을 가라앉히는 것 같기도 하다.
카드사 콜센터에 전화했을 때 나도 그걸 실감했다.
그런 게 있기 전까진 전엔 지하철에서 표를 팔 때
온갖 스트레스로 힘이 들어 그런 건데, 인상이 왜 그렇게
안 좋으냐며 민원을 넣는 승객 갑질도 흔했다.
지금은 명예훼손과 외모 비하로 고소당할 수도 있다.
세상 많이 좋아지긴 했다.

자신이 지금 기분 좋고 그 사람을
만나 괜히 자기도 모르게 나오는 미소가

진짜 행복한 미소다.

그 미소는 당신을 환영하는 척하며 보란 듯이 하는

미소가 아니고 지나가면서 언뜻 비치는

그런 미소라고 할 수 있다.

억지로 짓는 썩은 미소는

서로에게 좋은 게 아니라 오히려 해로울 수 있다.

속은 안 그런데 그와 반대로 짓는 미소는 표리(表裏) 불일치로

인해 오히려 더 심리적 스트레스만 쌓이고

그걸 받아야만 하는 사람도 고역인 건 마찬가지다.

엎드려 절받기보다 더 심한 형벌이다.

이런 불일치로 인해 자존감 하락은 물론

자괴감과 비참한 생각이 들고,

받는 사람은 "저렇게 웃고 있지만 속으론 나를 욕하면서

얼른 사라졌으면 하겠지."라는

생각이 들게 만들기도 한다.

내가 그런 나쁜 짓을 시킨 것 같은 느낌이 들게 만든다.

직업상 할 수 없이 하는 미소는 그 부조화로 응어리가

쌓일 수 있다.

그걸 풀지 않으면 나중에 화근이 되거나

병으로 커질 수도 있다.

그냥 놔두면 한꺼번에 폭발할 가능성도 있다.

다른 곳의 자기 을에게 앙갚음할 수도 있다.

반드시 풀어야 하지만, 직업적으로 푸는 건 불가능하고
자신이 좋아하는 것을 하며, 즉 자기만의 해소할 취미를
하며 풀면 좋을 것 같다.
내가 추천하는 것은 일기(日記)를 쓰면 좋을 것 같다.
일기는 속에 곪고 있는 앙금을 풀게도 하고 그걸 객관적으로
바라볼 수 있어서 그렇게 심각하게 생각하지 않고 남들도
하는 거고 나도 고객으로 있을 때 직원에게
그런 적은 없는지 생각하면서 자기를 돌아보고 성찰하는,
계기로 작용할 수도 있는 것이다.
자기를 을에서 갑으로 전환해 보는 것이다.
직업상 하는 미소는 그냥 사회에서 기본으로 하는
상식에 속하는 것으로 가볍게 넘길 수 있게 된다.
"다 그런 거지, 뭐."하며 대수롭지 않게 여기는 것이다.

식당에 갔는데 직원이, 들어가도 본체만체하고
퉁명스럽게 귀찮은 존재 대하듯 음식을 먹는 도중에
"먹었으면 얼른 가지!"라는 느낌으로
그릇 같은 것을 냉큼 가져가면 기분 나쁜,
그런 기억을 떠올리며
"아, 적어도 손님에게 기본은 해야 한다."라는 것을
깨닫게 될 수도 있다.
그런 가게는 앞으로 다신 안 가는 것은 물론,
먹은 게 얹힐 것 같은 불쾌감을 함께 가지고 나온다.

손님이 들어오면 일단은 아는 체를 하고
손님의 입장에서 적어도 그릇은 안 치우고 불편한 점은
없는지 살피는 것은 손님을 떠나, 한 인간에 대한 배려라는
것을 알게 되는 것이다.
남을 통해 나를 돌아보는 것이다.
반면교사(半面敎師)이고 타산지석(他山之石)인 것이다.

일기를 통해 쌓인 걸 풀면서 남의 입장도 생각해 보는
그런 자기 객관화로 발전해 나갈 수 있다고 본다.
즉, '쓸데없는 간섭은 안 해되, 항상 관심을 놓지 않는'과 같이
한 인간에 대한 손님으로서의 기본적 대접을 하는 것이다.
자기 집을 찾아온 손님에 대한 최소한의 예우(禮遇),
즉 인간 사회에서의 기본과 상식을 그에게 실천하는 것이다.
이건 인간으로서의 도리(道理)에 해당한다고 본다.

불륜으로-상대에게 뭔가 해줘야만 할 것 같아-오버 행동하는
게 아니라 마치 오래된 부부처럼 아무 대화나 억지 미소 없이도
그저 자연스럽고 편안한 사이처럼,
역시 자연적(Voluntary)으로 나오는 미소와
그걸 슬쩍 보는 사람이 모두 행복한,
바로 그 미소가 진정으로 '행복한 미소'임은 말할 것도 없다.

<table>
<tr><td rowspan="2">행복한
미소</td><td>

- 목적이 아닌, 속에서 자신도 모르게 나오는 미소가 진짜 행복한 미소이다. 이런 미소를 우연히 보게 되면 나까지 덩달아 행복해진다.
</td></tr>
</table>

- 목적이 아닌, 속에서 자신도 모르게 나오는 미소가 진짜 행복한 미소이다. 이런 미소를 우연히 보게 되면 나까지 덩달아 행복해진다.

- 직업상 짓는 미소는 표리부동으로 앙금이 생겨 언젠가는 바람직하지 않은 방식으로 폭발할 수 있기에 일기 같은 것을 쓰며 풀고, 그걸 객관화해 볼 필요가 있다. 그래야만 을에서 갑으로의 전환도 가능하다고 본다. 누구나 을과 갑은 바뀔 수 있기 때문이다.

- 그렇지만 인간 사회에서 기본과 상식에 해당하는 미소는 꼭 필요하다고 생각한다. 그건 사람이 사람을 대하는 기본적 배려와 예의, 그리고 도리라고 생각한다.

이별의 노래

남자가 떠날 때 그 슬픔을 노래한다,
이런 경우 주로 가수는 여자다.
다비치의 '안녕이라고 말하지 마'를 들어보라.

남녀는 서로 베일에 싸여 상대를 몰라 그에 대한 동경이 있다.
자신이 상대가 안 되는 이상 서로 영원히 모른다.
여자는 여자를, 남자는 남자를 잘 알아
그 마음을 더 잘 알지만 신비감은 사라진다.

이런 걸 알고 여자는 남자 앞에서 내숭을 떨고,
남자는 뭔가 있는 척 허세를 부린다.
상대에게 잘 보이고 싶은 것이다.

이별의 노래에서 남자가 부르는 노래는 여자가 떠나거나
짝사랑해 그 심정을 몰라주는 걸 혼자 서러워하는 내용이다.
MSG워너비의 '바라만 본다'를 들어보라.

상대가 자신을 떠난 것을 상상하며 들으면 공감된다.
남자는 남자의 노래를, 여자는 여자의 노래를
들으면서 이별의 아픔을 달랜다.

읽는 자와 읽지 않는 자의 격차는
점점 더 벌어져

나는 글을 자세히 읽는다. 진도가 잘 안 나간다.
왜냐하면 글을 읽다가 작가의 문장 중에서 뭔가
영감이 떠올라 그것으로
내 글을 쓰는 경우가 많아 그런 것 같다.
이게 점점 더 그런다.

그래 결국 글 많이 읽는 사람은 재미가 있어
더 읽는 것이고, 글 쓰는 사람은 남의 글에서
영감(Inspiration)이 떠올라 글을 더 깊게
계속 쓰게 되는 것이다.

글 읽는 사람은 더 많이 읽고, 안 읽는 사람은
생전 가야 책 한 권 안 읽게 되는 것이다.
그 격차가 점점 더 벌어진다.
이 분야도 빈익빈부익부(貧益貧富益富)다.
아예 나중엔 대화 자체가 안 되는 지경에 이를 수도 있다.

책을 늘 가까이하는 사람에게 오는 것은
하도 많아 여기에 일일이 다 열거할 수 없을 정도로
무궁무진하지만 우선 바로 생각나는 것만 말하면,

생각이 유연해진다는 것이고, 사람이 개방적으로
변한다는 것이다.
그럴 수도 있다고 생각해 남의 생각이나 주장을
있는 그대로 받아들이고 존중한다.
그리고 주제가 뭐든 그것에 대해 자기 의견을
한 시간 동안이나 떠들 수 있고, 기존 통념의 틀을
초극(超克)하여 훨훨 비상(飛翔)하는 그 상상력의 끝을
감히 가늠하기 불가능하고, 사물을 일반적으로 보는 것과 다른
관점으로 접근하는 창의력이 길러진다는 것이다.
그 외에도 엄청나게 많다.
뭐든 다 대체 가능한(Fungible) AI 시대에 강력한
자기 차별화가 아닐 수 없다.
자기를 교체 불가능하게 만들어가는 것이다.

학습 면에서도, 책 읽는 아이와 안 읽는 아이는
문해력(文解力)이 점점 더 벌어져 초등학교와 중학교까지
그게 별 차이가 없다가, 누구나 다 공부해야 하는
고등학교에 가서 그동안 책 읽은 힘이 떠받치는 문해력이
드디어 용솟음치기 시작한다.
책 읽은 아이는 공부하면 할수록 성적이 그야말로
기하급수적으로 오를 수 있다.
심지어 기본 바탕이 있기 때문에 공부를 특별히
안 해도 성적이 크게 떨어지지 않는다.

성적의 기복이 별로 심하지 않다.

초등학교 성적은 욕심만 많은 부모 성적이고, 중학교는

열정적인 학원 강사 성적, 고등학교는 진짜 자기 성적이다.

즉, 문해력 성적이다.

그동안 다양하고 폭넓은 독서를 통해 인간과 세상의

운행(運行) 원리를 이 애는 그 나이에 터득한 것이다.

그러니 상대가 되겠나?

안 읽는 애들은 교과서에 어떤 한 문장이 있을 때

그 문장 그 자체만 있는 그대로 표피적(表皮的)으로 읽지만,

이미 읽어온 애들은 그 한 문장만 가지고도

통합적, 입체적으로 해석한다.

안 읽는 애는 한 문장에서 그것만 얻지만(문해력이 떨어져

정확하게 읽을지는 장담 못 하지만) 읽는 아이는

그 한 문장을 읽으면서 열 가지를 생각하거나 획득한다.

이건 그 애가 잘난체하며 그렇게 하려고 해서 그런 것이

아니라 이미 그게 체화(體化)되어 그런 것이다.

그 애는 작가가 어떤 이유에선지 숨겼지만

진짜 하려는 이야기와 행간에 흐르는 작가가 하지 않는

내용까지 읽어낼 수 있을 정도다.

아니 거기서 작가가 생각지도 못한 세계까지도,

자기만의 유니크한 세계를 뽑아내는 경우도 있다.

아이가 이미 작가보다 한 차원 높은

헤비 리더(Heavy Reader)이기 때문이다.

그는 일제와 독재 시대에 쓰인 평범한 시에서

은근한 저항의 몸부림을 읽어낼 수 있다.

역설법(逆說法)이자 형용모순인

'소리 없는 아우성'으로 청마(靑馬) 유명한 유치환의 「깃발」을

놓고 봤을 때, 그 시에 대해 선생님이 설명하는 의미를

잘 이해를 못 한다.

이 시는 인생을 어느 정도 살아보고 또 책을 꾸준히

읽어와 사고와 삶의 애락(哀樂)이 서로 유기적(有機的)으로

결합 돼야 해석이 가능한 시다.

어린 학생들이 이해하기엔 무리가 따른다.

그래 시(Poem)인데도 무조건 외우는 것이다.

그러나 어릴 때부터 책을 읽어온 아이는 책을 통해

인생을 다양하게 경험했다.

읽으면서 사색에 몰입해 사고력도 수준 높다.

그래 나이가 어려도 이해하고 해석하는 데에

무리가 없는 것이다.

다른 과목 공부를 해도 문해력이 높아

다른 애들보다 효과가 배나 되는 것이다.

꾸준히 책을 읽어온 아이는 누구한테 질문해도 20분 이상

생각한 후에 대답이 가능한 질문만 하고, 질문을 받아도

그 물음의 본질과 핵심을 간파한 다음에 자기만의
독특한 견해를 표출할 줄 안다.
어떤 문제, 이슈, 화두(話頭)에 대해 자기만의
생각과 견해, 주장이 이미 정립(定立)되어 있기 때문이다.
논술 시험에서도 글의 요지를 정확히 파악한 다음에
어디서도 접하기 어려운 독창적인 관점으로
자기 논리를 펴나갈 수 있는 것이다.

애가 왜 이렇게 잘하게 됐느냐 하면, 그는 이미 책을
통해-자기도 의식하지 못하는 사이-인간과
세상의 원리를 알게 된 것이다.
학교에서 떠드는 것은 자기가 알고 있는 세계의 바닥에서
흔하게 거론되는 것이다.
그는 창공(蒼空)에서 맘껏 자유롭게 날며
너른 숲을 느긋하게 바라보고 있다.
자기가 이미 얻은 세계로 올라오려면 한참 멀었고
그런 식으로 하다간 평생 불가능할 수도 있다고 보는 것이다.
이미 숲을 보고 있는데 다른 애들은 나무를 가지고
숲 안에서만 나름 아주 열심히 뭔가 하고는 있다.
그런데도 전체 숲을 볼 수 있을지 강한 의구심이 든다.
그는 애어른이 되었다, 무지막지한 독서를 통해서.
여기가 말하는 애어른은 부정적인, 참신하고 진보적이며
뭔가 희망에 부푼 젊음을 잃은 그런 애어른이 아니라,

그걸 물론 하면서도 그 과정을 거쳐 어른이면 한 경험을
가지고 보다 진중하고 책임감 있고 여러 가지를 함께
고려하는 생각 어른을 말하는 것이다.

문해력은 글에서 단순히 지식을 뽑아내고 논리적으로
해석하는 능력을 말하는 것도 있지만, 이미 그 글에 대한
광범위한 지식이 쌓여 있어(습득하고 있어) 그 문장을 읽더라도
정확하게 해석하고(오독하지 않고) 그 문장과 그 문장을
포함한 그 글 전체에서 남보다 얻어내는 게 많은
(글에서 직접적으로 언급하지 않은 것까지) 능력을
말하는 것이다.

문해력이 높으면 오히려 그 글을 쓴 작가보다도
더 많은 것을 해석해 낼 수도 있다.
쓴 사람보다 오히려 더 많은 것을 깨닫고 그것을 통해
자기만의 통찰과 철학(Thought)을 공고히 할 수 있다.
작가가 의도한 것보다, 더 많은 의미를 추출할 수 있다.
그러니까 결국 문해력은 책을 많이 읽어, 얻을 수 있는 장점과
같은 의미라고 할 수 있다.

읽 기 (Reading)	• 독서 분야도 빈익빈부익부 원리가 적용된다. 나중엔 서로 대화가 안 된다.
	• 독서의 장점은 여기서 다 언급할 수 없을 정도로 많다. AI 시대에 차별화된 경쟁력이다.
	• 문해력을 키우면 학습 능력도 배가(倍加)한다. 고등학교에 가선 문해력이 떨어지면 아무리 열심히 공부해도 성적이 안 오른다.
	• 꾸준히 읽는 애들은 책을 통한 다양한 경험과 높은 사고력으로 다른 애들은 이해를 못 해 무조건 암기하는 것도 올바로 해석할 수 있다.
	• 문해력은 높은 아이는 어떤 문제에 대해 이미 자기만의 세계관이 확립되어 있고, 독서와 사색으로 남과 다른 독창적인 주장을 펼 수 있다.
	• 문해력(Literacy)은 결국 단순히 문장을 빠르고 정확하게 읽어내는 것보다도 많은 책을 읽어, 얻을 수 있는 장점과 일치한다.

사건의 진실

같은 일을 가지고도 자기에게 유리하게만 일을
다시 편집한다.
하긴 역사도 승리한 인간들의 입맛에만 맞게
다시 조립된 것이다.

나도 그러니까 인간들은 다 같다.
내가 곧 세상이기 때문이다.
세상이 곧 나이기도 하고.

그래 아무 이해관계가 없는 제삼자나 다 내려놓고
가진 게 전혀 없는 사람에게 물어봐야 그나마
진실에 조금 더 접근할 수 있는 것이다.
또는 어린애나 그런 마음을 가진 사람에게.

이건 내가 뭔가에 꼬여서 그런 게 아니라
원래 인간과 그 세상이 그렇게 생겨 먹어 그런 것이다.
나더러 뭐라 하지 마라, 듣는 사람 기분 나쁘다.

동반자

옛말 하나 그른 게 없는 것 같다.
공수래공수거(空手來空手去)라고 인간은
빈손으로 왔다, 결국 빈손으로 가는 것 같다.
아니 땐 굴뚝에 연기 날까, 괜히 이런 말이 세간에
떠도는 건 아닐 것이다.

누가 유튜브에서 그러는데, 젊었을 때는
친구가 평생 갈 것 같아 참 잘해주었는데 그 친구는
지금 어디 사는지, 살아있는지 죽었는지 모른다는 것이다.
우리 중에도 전에 엄청 친했는데 지금은 어디에
사는지조차 모르는 친구가 분명 하나 정도,
아니 그 이상 있을 것이다.
가끔 그 친구가 생각나긴 할 것이다.

그 사람은 젊을 때는 친구가 없으면 안 될 것 같았는데
지금은 없어도 그렇게 불편하지 않다는 것이다.
그리고 차라리 옛 친구의 그 이미지를 생각하고 만나면, 대개는
그 이미지가 깨져 안 만난 것만 못한 경우가 많다는 거다.
현재의 친구, 마음이 맞는 친구를 그냥 주변에서 새로

사귀는 게 낫다는 것이다.
옛 친구는 그냥 그 이미지대로 마음에, 추억으로 남겨놓은 채
사는 게 좋다는 거다.

젊을 땐, 서로 안 맞아
상처를 주는 친구라도 그냥 친구니까 만나지만
나이가 들수록 그럴 필요가 없다는 것이다.
자기에게 힘이 되어 주고 마음이 맞고 대화가 통하는
사람만 만나라고 한다.
친구를 가려 만나면 안 된다고 배운 것 같은데,
나이 들면 안 맞는 사람하고 힘든 시간을 보내느니
차라리 그런 사람은 피하고 마음 맞는 사람만 골라
만나라는 것이다.

아마도 성격이겠지만 나는 가능하면 의무적으로 사람을
만나는 것보다는 그냥 혼자 시간을 보내다가 외로움이 밀려오면
그때 대화가 통하는 사람을 만나는 쪽으로 생활하고 있다.
친구가 젊을 땐 평생 동반자(同伴者)라 생각했지만,
지금은 아닌 것 같다.

인생의 동반자는 배우자가 될 수도 있고 애완견,
아니 지금은 반려, 동반자로서의 동물과 지내는
사람들도 많은 것 같다.

대개는 일방적으로 언제나 나를 반겨 그럴 것이다.
그러나 그게 체질적으로 안 맞아 그 냄새와
털 날림, 짖는 소리 같은 게 싫어 반려견을
동반자로 안 삼고 혼자 사는 사람도 많다.
지하철에서도 아직은 애를 안고 타는 애 엄마를,
개를 안고 타는 사람보다 더 반기긴 한다.

친구, 가족, 동물들을 동반자로 삼고 사는 사람들이
대부분일 것이다.
그렇지만 그런 것도 분명 내 인생의 동반자이지만
뭔가 아쉬움이 남는 사람들도 있을 것이다.
누가 그러는데 인간은 일을 하고 사랑하고 놀면서
일생, 아닌 인생 전체를 이 셋이 결국
채우는 것이라고 한다.

일에서 워커홀릭(Workaholic)이 되어 일과 함께
일생을 같이 보내는 사람들도 있을 것이다.
이들은 대개 월급쟁이들은 아니고 자수성가한
재벌들이 많을 것이다.

이렇다고 동반자를 잘못 골랐다고 비난할 수는 없다.
그건 또 내 하나의 편견에 불과할 수도 있기 때문이다.
인간은 결국 자기 편견에서 벗어날 수 없다.

그리고 사랑으로, 즉 사랑하는 사람과 함께 평생을
보낼 수도 있는 것이다.
그의 인생 최고의 가치는 사랑인 것이다.
평생을 사랑만 하며 사는 것이다.
이것도 누가 욕할 수는 없다고 본다.
그는 그것을 나름 자신의 인생 동반자로 삼은 것이니까.
그리고 놀이, 취미, 즉 자기만의 세계에 빠져 그걸
동반자로 삼고 살 수도 있는 것이다.
노동의 무가치와 사랑의 성가심에서 벗어난
자기만의 세계, 유유자적(悠悠自適)하고 그것에 몰입해
자기만의 희열의 경지에 이르는 것을 최고로 여겨,
그는 그것을 생의 동반자로 삼을 수도 있는 것이다.

결국 돌고 돌아, 역마살(驛馬煞)이 낀 것처럼 그걸 안 하면
뭔가 마음 한구석에 구멍이 난 것처럼 제대로
사는 것 같지 않은 느낌이라 결국 팔자대로
그리로 돌아오고야 마는, 그런 것을 생의 동반자로 삼는
것일 것이고, 그는 그걸 하며 행복에 겨울 것이다.

좀 거북한 표현이지만, 산악인은 끝까지 산에 오르다가
눈 속에 파묻혀 죽는 게 가장 큰 행복일 수 있다.
그게 그의 동반자이고, 죽어서까지 자기 동반자와 함께니까.

동반자	• 젊을 때는 친구가 평생 동반자 같았는데, 지금은 아닌 것 같다.
	• 사람들은 친구, 가족, 반려견같이 살아 있는 것을 삶의 동반자로 주로 삼는 것 같기도 하다.
	• 사는 건 일, 사랑, 놀이로 이루어지는 것 같다. 결국 그걸 하다 죽는 것 같다.
	• 누구나 일을, 사랑을, 놀이를 동반자로 삼을 수 있는데 자기는 아니라서 남이 왜 그걸 동반자를 삼고 사느냐며 탓할 수는 없는 일이다. 인간은 누구나 편견 속에 살고, 세상은 상대적이기 때문이다.

사랑은 어긋나

사랑에 목숨 거는 사람들이 많다.

그런데 이쪽에서 그런 감정이면 저쪽은 아닌 경우거나
다른 쪽을 목숨 걸고 사랑한다.

삶은 원래 이렇게 엇갈린다.

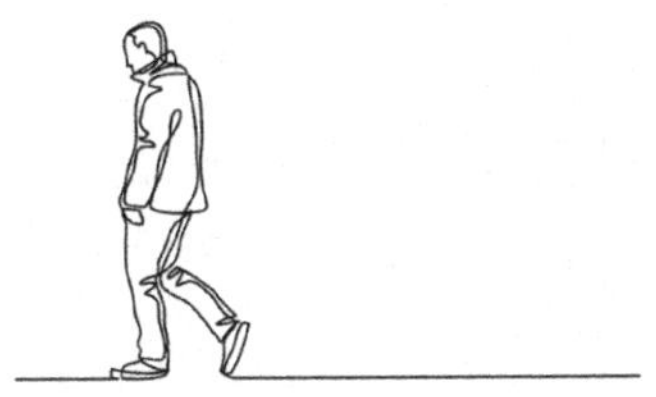

나이에 대하여

누구나 나이에 대해 할 얘기가 많을 것이다.

자기를 가장 잘 아는 사람은 자신이다.

동시에 자기를 잘 모를 수도 있다.

잘 아는 것은, 늘 자기만이 자기와 함께 있기 때문이다.

화장실은 혼자 변기에 앉는다.

타인은 절대 옆에 없다.

꿈꾸는 것도 내가 꾼다.

아무리 나를 낳아준 부모도, 나를 사랑하는 연인도 대신

내가 꾸는 꿈을 공유하진 못한다.

나만 내 꿈을 공유하기 때문에 나처럼 나를

많이 아는 사람은 없다.

내 가슴이 문드러지지만, 상대방은 기분이

날아갈 수 있다.

바로 내가 아니기 때문이다.

그가 나라면 그도 속이 문드러져야 한다.

남은, 나를 잘 몰라 겉으로 보이는 것만

가지고 평가한다.

나는 네가 말하는 것처럼 그게 다가 아니라고

항변한다.
나를 그렇게 간단히 싸잡아서 말하면 안 된다고 항의한다.
하도 그러니까 그걸 좇아 남이 바라는 것을 바란다.
타인의 욕망을 욕망하는 것이다.
어느 날은, 내가 진정으로 바라지도 않는 것을 바라는
나를 보게 된다.
그런 걸 보면 지난밤에 은밀히 한 일을, 나만 아는 것처럼
나는 나를 가장 잘 알지만, 진정 내가 원하는 것을
몰라 동시에 자신을 모른다.
아마도 나를 속여–아니면 진지하게 생각을 안 해–
남이 바라는 게 내가 바라는 것이라고
게으르게 생각해 버리는 것인지도 모른다.

대개 나잇값을 하라는 건 나이에 따라 걸맞은
말과 행동을 하라는 것이다.
이 말은 통념에 의한 다수를 따르라는 말이다.
대갠 그걸 추구한다. 평범하게 사는 것을.
실은 아니더라도 결과적으로 그렇게 산다.
그러나 뭔가 자기 것을 안 하기 때문에 마음 한구석이 늘
빈 것 같고 충만하지 않아 공허함이 고갤 쳐든다.
너무 남을 따라 남에만 맞게 철이 들어 그런 것이다.
진정 자기가 바라는 것을 외면해서 그런 것이다.
겉으로야 남이 사는 것처럼 보이게 해도, 자기가

진정으로 바라는 것을 할 필요가 있다.
안 그러면 나이를 먹어가면서 계속 뭔가 덜 채워진,
생의 덧없음이 자주 나를 찾아올 것이다.
이제 그만 내게 걸맞는 걸 찾아서 해야 한다.

남자는 나이가 들면 여자처럼 변한다.
이게 아니마(Anima)다. 안 그랬었는데 드라마를
보고 눈물을 흘린다.
여자는 나이가 들면서 남자처럼 괄괄해진다.
전엔 소녀 감성이었는데 남자같이 거칠어졌다.
이게 아니무스(Animus)다.
그래서 너무 감수성이 예민해 20대 소녀는 남자보다
자살률이 높다고 한다. 중년을 넘어서면 여자는 그게
줄어드는데 남자가 오히려 삶의 회의로 더
자살률이 높다고 한다.

젊을 때는 육체적으로 강해 뭐든지 할 것 같다.
생각도 다분히 긍정적이고 희망적이다.
그러다가 나이가 들어 육체적으로 쇠약해지면서
마음조차 쪼그라들어 불안해진다.
이제 걱정도 팔자가 된다.
노파심(老婆心)이 쓸데없는 걱정이 많은 것을 말하는 것인데,
여자가 육체적으로 약해 그렇고 거기다가 나이까지 들었으나

얼마가 걱정이 심해지겠는가.
그게 잔소리로 표출된다.
그래서 노파심(늙은 여자의 불안)이란 말이
나온 것 같기도 하다.

아무래도 나이가 들면 뒤를 돌아다보게 된다.
그동안의 궤적(軌跡)을 따라가 보는 것이다.
생각나는 것은 다 떠올려본다.
학교 가기 전과 학교 때, 중학교와 고등학교, 대학생,
그리고 사회에 나와 일하고 배우자를 만나 결혼하고
애 낳고 그런 걸 곰곰이 생각해 보는 것이다.
자신의 이력(履歷)에 대해.
앞으로 나는 어떻게 될까까지 생각이 옮겨간다.
내 인생에 대해 통틀어 생각해 보는 것이다.
내 인생 전반을 한번 반추해 보는 것이다.
그냥 지나가면 지금까지 산 대로 그냥 쭉 갈 것 같다.
그럼 너무 억울하다는 생각도 들다가 "별수 없지." 하는
생각도 들고 내가 이렇게 태어난 건 또 팔자려니 하며
체념 비슷한 것도 한다.
오만 가지 상념(想念)이 나를 에워싼다.

그런데 알고 보면 모두 고유한 삶이다.
나와 같은 사람은 없고 내 인생과 똑같은 인생도 없다.

겉으로 보면 비슷하고 평범한데 나는 다른 사람과
분명 다른 게 있다.
나는 그걸 잘 안다, 나는.
화장실 변기에 앉는 건 나뿐이기 때문이다.
어느 날부터 이걸 살려보려고 한다. 일종의 의미 찾기.
내 인생 가치를 더듬어보는 것이다.
누가 뭐래도 내 인생은 나름대로
그게 뭔지 모르지만 뭔가 있다고 보는 것이다.
한 번 정리해 보는 것이다.

10대와 20대, 30대, 40대, 50대, 60대, 그때 내가
이룬 것은 무엇인지, 기록해 보는 것이다. 중간 정리다.
자서전(Autobiography)이랄 수도 있다.
그 당시 내가 가장 바라던 것이 무엇이었나.
"아, 나는 20대 때 뭘 제일 하고 싶었지?"
물론 분야별로 있을 것이다.
공부와 연애, 취직에서 내가 가장 바란 것은?
나는 그때 그 연예인과 비슷한 분위기의
그 애와 만나길 바랐는데,
"아직 내 마음 여기 있는데!"하고 지난 일이지만
솔직하게 기록해 보는 것이다.
그럼, 자기 역사(歷史)가 어느 정도 윤곽이 잡힐 것이다.

앞으론 나를 찾는 작업을 해야 한다.

새로운 일을 벌이는 것보다 하던 걸 잘 마무리해야 한다.

앞으로 나는 무엇을 하고 싶은지, 고민 끝에

어떻게 하면 좋을지 가다듬고 그걸 작지만 하나하나

이루려고 노력해야 한다.

그리고 자기가 진정 하고 싶었던 것을 틈틈이 해야 한다.

버킷리스트(Bucket List)처럼, 한 것을 지워나가야 한다.

나를 이제 어느 정도 알고 그 바람이 이는 쪽으로,

내가 가지고 태어난 것을, 나를 온전히 실현하는 방향으로

앞으로 살면, 내 삶은 보다 충만해지지 않을까.

나 이 (Age)	• 나만 남이 모르는 나를 잘 알지만, 동시에 또 뭘 원하는지 모른다.
	• 남처럼 살면서도 자기 것을 찾으려고 해야 한다. 진정 자신이 바라는 걸 해야 허전함이 좀 사그라든다.
	• 마음도 나이에 따라 변한다. 육체와 비례하는 것이다.
	• 나와 내 인생을 흔한 범주(Category)에 넣지 마라. 솔직한 내 마음을 알면 어느 범주에도 속하지 않는다는 것을 알 것이다.
	• 지나온 삶을 반추하면서 앞으로의 할 일을 정리해 보면, 자기 생의 전후가 좀 가닥이 잡힐 것이다. 진정 바라는 것을 하려고 하면 앞으로의 내 여생은 보다 윤택해질 게 분명하다.

작가에 대한 인식은 좀 긍정적

세간의 시각도 좀 그런 게 있는데 작가는
예사 사람으로 안 본다.

작가 자신도 글에서 인물이 작가이면 그냥 평범한
사람으로 취급하지 않는다.
쉽게 말해 좀 개념 있는 사람으로 본다는 것이다.
아무 생각 없이 그냥 사는 사람이 아니라.

이런 인식은 작가에게-사회성이 부족한
면이 없지 않지만-좋은 점 같다.

성 숙

성숙하다는 게 별것 아니다.
뭔가 자신과 세상에 대한 기대와 환상을 하나하나 접는 것이다.
포기하고 체념하며 사는 것이다.
아직 나와 세상에 갇혀 있으면, 성숙하지 못한 것이다.

교과서에서 외치는 이상적인 것은 대개는 안 맞고
현실은 그렇지 않다는 것을 차츰 알아가는 것이다.
자기 고집을 꺾고 좀 유연해지는 것이다.
자기가 대적할 것과 피할 것을 가릴 줄 아는 것이다.
세상과 자신을 자연스럽게 섞는 것이다.

세상과 절충하고 자기가 원하는 것과 그것과
타협을 보는 것이다.
자기주장만 내세우며 중요하다고 하다가도
남도 나와 같은 생각일 수 있다며 남의 생각도
들어주고 인정해 주는 것이다.
나도 중요하지만, 상대도 나와 같으니 내가 원하는 것을
하려면 그의 말을 들어주기도 해야 한다는 걸 아는 것이다.
내게만 쏠렸던 비중(比重)을 남에게도 나눠주는 것이다.

내가 중심이었다가 세상의 일원(一員)에 불과하다는 걸
알고 힘들게 받아들이는 것이다.
그렇게 되면 내가 또, 너무 비참하니까 자기는 동시에 남과
다르다며 합리화하는 것이다.
왔다 갔다 하는 것이다.
나는 하잘것없을 수도 있다.
아니다, 나는 천상천하유아독존이다, 이게.
또 남의 사정을 알고는 공감하고 연민하면서
감정이입을 해, 그의 슬픈 사연에 눈물을 흘리는 것이다.
상대에게서 나를 보는 것이다.
결국 살아가면서 이리 충돌, 저리 충돌하다가 나름의
절충점을 어느 정도 찾은 결과가 성숙(Ripen)이다.

이러니 성숙엔 물리적 시간이 필요하다.
밥맛이 좋아지려면 어느 정도 시간이 되어야지만
쌀이 익고 뜸이 든다.
과일이 농익어 맛있으려면 봄, 여름, 가을의
풍파(風波)를 견뎌야 한다.
봄의 풋과일은 아직 떫고, 먹으면 배탈이 날 수도 있다.
덜 익어 미성숙하기 때문이다.

수영 등 모든 운동에서 그 분야 베테랑들이 몸에서
힘을 빼라고 주문한다. 그 말대로 해도 처음엔 안 되고

자신이 열심히 수련하다가 어느 시점부터 저절로

빠지게 된다.

수영에서도 처음엔 팔다리 열심히 놀려 봐야 빠지기만 한다.

그러다가 어느 순간부터 느긋하게 드러눕기만 해도

가라앉지 않고 몸이 뜬다.

이 분야에서 성숙단계에 이르러 그런 것이다.

운전도 처음엔 운전대를 너무 꽉 잡는다.

그러나 나중엔 아예 살짝 건드리기만 한다.

성숙단계에 진입한 것이다.

성 숙	• 세상과 나에 대한 기대를 어느 정도 버리는 것이다.
	• 내 중심에서 벗어나 남도 바라볼 줄 아는 것이다. 그에게서 나를 보는 것이다.
	• 내가 세상의 일원에 불과하다는 것을 알면서도, 동시에 주체성도 잃지 않는 것이다.
	• 시간이 절대적으로 필요하다. 그래야 밥맛과 과일 맛이 제대로 나고, 운동에서 힘이 저절로 빠진다.

자기 기질에만 지나치자

매사에 지나치면 안 된다.

사람 에너지가 한정되어 있어 자기 기질에
지나칠 수 없기 때문이다.

그렇다고 하나도 지나친 게 없으면 그는
잘 사는 게 아니다.

기질에 맞게 지나치면 즐겁게 살고 나름
보람도 느낀다.
물론 부수적으로 사회적 성과도 따라온다.

고 독

고독은 자발적인 것이고 외로움은 수동적인 것이라고 한다.
고독은 외로우면서도 자신이 자진해서(Spontaneous)
선택한 것이니까 그 속에서
어떤 희열 같은 걸 맛보는 거라고 보는 것이다.
고독해서 자존감이 충만해진다.

참고로 현대에,
세상은 사회학자 리스먼이 말한 '군중 속의 고독'이라고
도시화하여 개인이 파편화(破片化)되었다.
공동체 속에서 비슷한 목표를 향해 가는 게 아니라
단지 운집(雲集)한 군중 속에서
그 구성원의 의도가 각기 다르다.
한 공동체 내에서 추구하는 가치가 비슷해 남의 집
숟가락 개수까지 알다가 도시에서 한 개인이 모래알처럼
흩어져 사니까 돈만이 최고가 되었다.
도시에서 돈 외에 그 사람의 가치를
아는 사람도 없고 그럴 수도 없게 되었다.
사람도 하나의 상품에 지나지 않게 되었다.
그래서 현대인은 더 외로움에 빠진다.

다시 돌아와,

외로움은 수동적인 것이어서-자발적이 아니어서-

갑자기 그렇게 나타나는 것이다.

준비가 안 된 상태에서 당한 것이다.

그러니 절대 희열 같은 건 없고 고통스러운 시간이다.

아무도 없는 사막에 막막하게 덩그러니 있는 것이랄까.

그 누구도 내게 관심이 없고 내가 넘어지고, 사라져도

일으켜 세우거나 눈치챌 사람도 없고 그저 비참하게

고독사할 수도 있다며 전율과 진저리를 내는 것이다.

고독은 어쩌면 바라는 거라면 외로움은 반기지 않는 것이다.

화려한 무대에서 연극이 끝나 갑자기 막이 내린 어둠 속,

금방의 갈채는 온데간데없고 절대 적막 속으로

내던져진다고 할까.

너무 어려서 벌써 천재로 불리고, 그 인기가

하늘을 찌르다가 이젠 그 이름도 낯선 한물간

연예인의 심정.

인기가 있더라도 이게 언제 사라질지 몰라 어느 날 공포가

갑자기 자기를 짓누르면서 공황장애에 빠져 숨도 제대로

쉬지 못하는 상태에 놓일 수도 있는 것.

내향적인(Introversion) 사람들이 덜 외로울 수 있다.

그들은 곁에 여러 사람이 있는 것보단 혼자 지내는
편이 편하다.
그것으로 한껏 충만해진다.
겉으로 보기엔,
"무슨 재미로 사니?"
하지만 그는 혼자서도 아니 오히려 혼자라서
심심할 틈이 실은 없다.

사람은 대개 다른 사람도 자신 같은 줄 안다.
그래 자기처럼 남도 그럴 거라고 지레짐작해 자신이
그 상황에 놓이면 상대도 그럴 것으로 생각하고
"외로워서 어찌 견디려고?"
하지만 그는 사실, 외로움을 잘 안 탄다.

고독 속으로 침잠해 그 누구도 느끼지 못하는
희열의 정점에 이를 수도 있다.
같이 보다 혼자가 그 시간에 더 자주 이른다.
내 심정을 남에게 투사(投射)하는데 남은 안 그런 사람이
있을 수 있다.
나 같지 않다.
그는 외로움이 아니라 고독을 즐기는 중이다.

고 독	• 고독은 자발적인 것이고, 외로움은 수동적인 것이다.
	• 도시인은 단지 모여 있지만, 그 의도가 제각각이고 돈만이 개인의 가치를 말해 더 외로움에 빠진다.
	• 고독은 나름 그걸 즐기지만, 외로움은 빨리 그곳에서 벗어나려고 한다.
	• 외로움은 화려한 연극이 끝났을 때 느끼는 공허함이나 너무 어릴 적 국민 영웅이 되어 이게 곧 사라질 것 같은 공포와 공황장애 같은 것으로 나타날 수도 있다.
	• 내향적인 사람은 겉으론 외로워 보여도 사실 그는 심심할 틈이 없다. 남이 모두 자기와 같진 않다.

남이 보면 별로 바뀐 게 없다

나도 그렇고 남도 그렇고, 원래 바뀌지 않는 성격이
그러니까 하면, 조금 편해진다.
실은 또 그렇다.
자기는 바꾸려고 했다고 한다.
그렇게 노력했고 지금도 노력한다고 하는데,
남이 보면 별로 안 바뀌고 결국 전과 비슷하다.

원래 인간은 자신만이 가진 분위기가 있고
특유의 외모가 있고, 목소리가 있고, 남보다 조금만
해도 잘하는, 아무리 해도 남 반도 못 따라가는
그런 기질이 있어 그런 것이다.

그러니까 자기 딴에 바꾼다고 한 게 남이 보기엔
안 바뀐 것 같은 생각이 더 드는 것이다.

그냥 차라리 생긴 대로 살고 단점으로 남에게
해나 안 끼치고, 장점을 최대한 살려 살고 자기 기질을
현실에서 실현하는 게 가장 잘 사는
비결 같다는 생각이 든다.

인생의 황금기

아무리 어려운 삶을 살았던 것 같아도, 인생의 황금기를
누구나 한 시절 정도는 가지고 있을 것이다.

인간 유전 인자(Gene)가 그런지 고난에 대비하라고
좋은 시절보다 안 좋은 시절을 더 잘 기억한다.
좋은 시절은 가끔 생각나지만, 안 좋았던 시절은
시도 때도 없이 나를 괴롭힌다.
예민할 때는 더 마구 할퀸다.
이걸 그냥 둬선 안 된다.
내 인생을 좀먹기 때문이다.
리즈 시절, 인생의 황금기, 나의 전성시대를
굳이 찾아내 안 좋은 시절과 싸움을 붙이자.

남에게서 듣는 것도, 칭찬보다는 비난이나 나를 모욕한 게
더 생각나니 찾으면 전성기(全盛期)가
실은 인생행로(人生行路)에서 더 많을 것이다.
인간 속성상 그렇다.
그걸 끄집어내 둘이 싸우게 하면
황금기가 쇠퇴기(衰退期)를 박살 낼 게 분명하다.

쪽 수로 밀어버리는 것이다.

꿈만 같던 연애 시절, 타지에 나가 어렵게 생활할 때의
시장 골목을 지나다가 돈이 없어 한겨울 김이 모락모락 나는
순대와 철판 곱창을 그렇게 먹고 싶었지만
결국, 먹지 못하고 입맛만 다시던 그 시장통을 지금도 아련하게
떠올릴 수 있고, 아니면 아무 근심도 없이 오로지
부모 보호 아래 안심하고 평온했던 취학 전 시절이,
누구는 고단한 농사일을 하는 중에도 애들이
깨끗하게 다린 하얀 교복을 입고 등교할 때의
그 화사한 모습으로 농사일의 고달픔을 다 잊었던 시절이,
밖은 엄동설한인데, 따뜻한 방바닥과 아이들은 장난감을
가지고 내 양옆에서 놀이에 빠져 있고 마침 좋아하는
가요무대에서 어느 오래된 여가수의 '유정 천 리'가 흘러나오고
그 가운데 아내는 구수한 청국장을 부엌에서 끓이는
이 행복에 겨운 화목한 가정,
아이가 원하는 대학과 공기업에 당당히 합격했을 때의
그 기쁨이 나의 전성기, 황금기일 수 있는 것이다.

그 시절이 아직은 오지 않은 것일 수도 있고 지금까지는
그래도 그때가 내 전성기, 황금기일 때라고 생각하고 지금의
시련과 시름을 그것으로 달랠 수도 있는 것이다.

그걸 글로 적어 마음에 차곡차곡 쌓자.

그걸 앞으로 내 인생 개척에 쓸,

비장의 무기로 지니고 다니자.

황금기	• 아무리 어렵게 살았어도 누구나 인생의 황금기는 하나씩 있는 법.
	• 그 전성기로 내 초라한 쇠퇴기를 눌러 버리자.
	• 인간 특성상 황금기가 잘 생각나지 않지만, 그걸 굳이 떠올려 글로 정리한 다음 앞으로의 내 인생 개척의 무기로 삼아 오직 진군(進軍)만 하는 거다.

육체와 현실

실은 육체와 현실이 인간을 더 많이 지배한다.
아프면 잘하던 것도 못하고 늙으면 정신적으로 더 힘들다.
건강이 최고라는 말이 이래서 나온 말이다.

그리고 이상과 꿈을 갖고 있다가도 인간은
현실적 지배 때문에 꿈을 접기도 한다.
실은 이게 거의 인간 삶의 대부분을 차지한다.

이런 걸 감안하고 덤벼야 그나마 뭔가 된다.
현실과 육체에 대한 고려 없어 마구잡이로 덤비며
후회와 좌절만 남을 뿐이다.
현실과 육체의 압박을 충분히 고려하면서도
―타협하고 조화를 이루면서―자신의 타고난 기질을 살려야만
자신이 목표로 하는 꿈과 이상에 조금은 다가갈 수 있다.

엄 마

등교 때 아침밥을 안 먹고 가려 하면 딸에게 엄마는
밥에 반찬을 얹은 숟갈을 들고 쫓아다니며
한입이라도 더 먹이려 한다.
드라마에도 직장 생활의 비애(悲哀)를 달래는 것은,
본가로 달려가 엄마가 해준 짭조름한 갈치조림과
보글보글 된장찌개를 사이에 두고 마주 앉아
엄마 앞에 그동안 쌓인 이야기보따리를 실컷 풀어놓으면
직장 스트레스가 스르르 풀리는 것이다.
그동안 기가 빨리고 방전되어 축 늘어진 나를,
거기서 보충하고 다시 생활전선에 뛰어드는 것이다.
엄마와의 그게 없다면 나는 벌써 나가떨어졌을 것이다.

지금 택배 분류 하역 작업이나 병원 세탁물 옮기기로
아주 빡센 알바를 하고 있어 어느 때보다 초라하고 서럽다.
불현듯 엄마 생각이 난다.
"엄마가 이 모습을 보면 얼마나 슬퍼할까."
안쓰러운 얼굴을 한 채 막노동하는 내 모습을
지켜보는 엄마의 모습이 떠올라,
나는 그만 눈물이 주르륵.

항상 가장 아껴주고 걱정해 주고 의지할 딱 한 사람은 오직
엄마뿐임을 새삼 깨닫는다.

아주 어릴 적,
유모차 안에 내가 있고 엄마가 나를 밀며
언덕길을 힘겹게 오른다.
그렇지만 엄마는 군데군데 멈춰 서서
자꾸 유모차 덮개를 열며 나를 살핀다.
자신이 힘든 것보다 내가 잘 있는지 그게 더 걱정인 것이다.
나는 세상 편하고 포근한 느낌과 잔잔한 진동으로 스르르
평온한 꿈속에 잠긴다.
어디에 엄마와 단둘이 가는 모습은, 지금 떠올려도
그렇게 평화롭고 행복할 수가 없다.
꼭 동화 속 한 폭의 그림 같다.

학교에서 돌아와 "엄마!"하고 불렀는데 어디에도
기척이 없으면 그렇게 화나고 속상할 수가 없다.
학교에서 새로운 친구를 사귄 일과 선생님께 들은 칭찬을
재잘거리며 얘기해 주려고 헉헉 달려왔는데, 늘 반기던
엄마가 오늘은 이상하게 없는 것이다.
그렇지만 엄마가 곧 돌아올 거라는 믿음은 버리지 않는다.
엄마가 날 배신한 적이 없기 때문이다.
분명 찬거리 사러 근처 슈퍼에 갔을 것이다.

유치원 재롱잔치에서 학부모들 속에서 내 율동을 보며 너무
기쁜 나머지 손뼉을 짝짝 치며 심지어 사이비 기도회라도
온 듯이 바닥을 구르며 기쁨의 눈물까지 흘린다.
나는 그 많은 부모들 속에서도 단연 돋보이는 엄마의
그 열렬한 응원으로 더 힘차게 율동을 하는 것이다.
남들이 보면 율동을 다른 애들보다 유별나게 잘하는 것도
아니었지만, 그래도 엄마 눈엔
절대 내가 그렇게 보이지 않는다.

나는 엄마를 세상 전부로 여기고, 위기에 처하면 어디선가
소리 없이 달려와 나를 구해줄 것 같은, 그런 강한 믿음을
가지게 되는 것이다.
엄마에게 흡족하게 충분한 사랑을 받고 자랐고 나도
내 자식에게 사랑을 듬뿍 안겨줄 것이다.

세월은 어김없이 흘러,
엄마는 이제 젊지 않다.
이제 씩씩하고 건강했던 엄마는 어디 가고 없다.
키도 내가 훨씬 크고 힘도 세니 그 역할을 바꿔야
할 것만 같다.
어릴 땐 엄마는 늘 내 곁을 떠나지 않고
항상 나를 지켜주는, 그 젊고 예쁜 모습을 영원히
간직할 것만 같았는데….

외국인이 들어도 눈물 흘린다는 우리 동요가 있다.

섬집 아기
"엄마가 섬 그늘에 굴 따러 가면
아기가 혼자 남아 집을 보다가
바다가 불러주는 자장노래에
스르르 팔을 베고 잠이 듭니다.

아기는 잠을 곤히 자고 있지만
갈매기 울음소리 맘이 설레어
다 못 찬 굴 바구니 머리에 이고
엄마는 모랫길을 달려옵니다.
엄마는 모랫길을 달려옵니다."

그러는 건 다 이유가 있는 것인데도

외톨이로 살아가는 사람들이 있다.
그건 어쩔 수 없는 경우도 있다.
장애가 있어서.

그나마 그가 잘 살아가는 건 주변에 그걸 이해하는
좋은 사람이 있어 그런 것인데
그걸 가차 없게 평가하는 사람들이 있다.

이런 돼먹지 못한 인간들 때문에 세상은 살기 힘들어진다.
이들은 주로 우익이 많고, 그게 점점 늘어나는 것은
책과 거리를 둬서 점점 그런 것이다.

그리움

그리움은 앞으로가 아닌, 전에 겪은 것 중에 다시
그걸 해보고 싶은 마음이다.
그런데 여기엔 층위(層位)가 있다.
순수와 행복과 사랑이다.

어릴 땐 아무 거리낌 없이 자신이 하고 싶은 대로 한다.
그건 진짜 순수하게 자신이 하고자 하는 것이다.
자신이 진짜 좋아했고 자신은 뭐할 때 가장 몰입했는지는
어릴 때부터 자신을 지켜본 부모나 할머니, 할아버지에게
물어보면 알 수 있다.
"난, 어릴 때 주로 뭘 하고 놀았어?" 하고,
그러면 "넌, 항상 종이로 뭔가를 접었지."하고
대답해 줄 것이다.
이제라도 자신은 그것에 진심이므로,
그게, 어릴 적 재지 않고-사회성이 들기 전에-진짜
좋아하는 것이므로 그리워만 말고 거기에 다시 빠져보면
진짜 자신의 시간으로 들어가는 것일 것이다.

가끔 불현듯 멍하니 공상에 빠질 때,

주로 돌아가는 과거의 한 시점(時点)이 있을 것이다.
노곤한 가운데 잠들 전 나는 그곳을 주로 방문한다.
무구(無垢)한 유년 시절에 매일 오르던 동산이나 냇가로
친구들과 함께 뛰어가던 그 장면은
나를 포근한 꿈의 세계로 빠져들게 한다.
그 시절은 취학 전일 때도 있고, 초등학교 때,
아니면 중학교에 가서 갑자기 성적이 올라 나조차
나를 다시 볼 때,
아니면 그저 기분이 들뜨고 힘이 주체가 안 되던,
푸르른 꿈을 안은 대학 신입생일 때도 있을 것이다.
과거 어느 특정 시점에 이르러,
"아, 정말 그때가 좋았는데." 하며
나도 모르게 즐거운 미소가 저절로 일기도 한다.
그때 나와 행복했던 시간을 보냈던 그 사람은 지금 어디서
뭘 하며 지낼까, "거긴 지금 어떻게 변했을까?" 하고
무작정 거길 다시 가보고 싶기도 할 것이다.
이 그리움은 지금 이렇게 힘들 때, 나를 지탱해 주고
격려, 위로해 주는 가장 그리운,
행복한 한 시절로 평생 남을 것만 같다.

노영심의 '그리움만 쌓이네' 노래처럼 사랑하는
사람이 누구나 한 명은 있을 것이다.
그와 아쉽게 헤어진 것이다.

그는, 아직도 내 마음 한구석에 남아 있다.

그냥 일방적 풋사랑이나 짝사랑일 수도 있고, 하여간

헤어졌지만 내 쪽에서 더 좋아했던 상대다.

모든 사랑엔 같음이 없다. 반드시 더 좋아하는 쪽이 있고

안 그런 쪽이 있다.

안 그런 쪽이 무감(無感)하게 떠나지만, 남은 쪽은

아쉬움이 남아 그를 평생 그리워한다.

내 마음 한구석에 그리운 사랑의 자리를

여전히 차지하고 있는 것이다.

사랑의 끝에 이르러 싫증이 나서 그런 게 아니다.

아쉬우니 그리운 것이다.

그는 평생 내 그리움의 대상으로 남았다.

'그리움만 쌓이네'는 꼭 내 마음을 대변하는

평생 내 노래가 되었다.

그가 그리울 때면 듣는, 내 최애곡이 되었다.

그리움	• 눈치를 모르던 가장 '순수'하던 시절이 그립다.
	• 내 생애 가장 '행복'했던 순간으로 다시 돌아가고 싶다.
	• 여전히 내 마음 한구석에 자리한, '사랑'했던 그가 그립다.

기질 실현이 최고

인간은 자기 기질(Temperament)을 빨리 파악하고
거기에 몰입해 즐기며 행복하고-맘에 안 들지만
그래도-그것으로 사회적
성과(Achievement)를 내는 삶이 최고다.

나처럼 글(Text)에 미치는 것이다.
인간 세상에서 또 믿을 건 그것밖에 없다.
다른 건 내 맘대로 안 되고-기대해도 결국
실망하고-그걸 하며 희열에 빠지지도 못하고
오직 자기 기질 살리며 사는 게 최고라고 생각한다.

습 관

누가 "이거 참 좋다."라고 하면서 권장하고
나도 그래야 할 것 같아서 해봤지만, 실패만 거듭하고 자꾸
작심삼일(作心三日)이면 자기와 안 맞는 것이니
자기와 맞는 걸 다시 찾아 그것에 습관을 들이는 게
인생을 더 알차게 사는 길이라고 생각한다.
왜냐하면 결국 인생은 습관으로
이뤄진 것이라고 보기 때문이다.
좋은 것 중 자기에게 가장 잘 맞는 것을
습관으로 삼는 게 제일 좋다고 본다.

대개 자기 분야에서 성공한 사람들은 자기만의 습관이 있다.
루틴(Routine)이다. 철학자 칸트는 항상 그 시간에 꼭
산책을 했다고 하는데 오히려 시계보다 칸트가 지나가는
시간을 보고 사람들이 시간을 맞췄다고 한다.

이것도 성공한 사람들이 하거나 그걸 하며 진정
행복한 시간에 빠지는 사람들인데,
이것도 습관의 일부라고 생각한다.
운동선수가 징크스를 없애거나 긴장을 풀기 위해 특이한

퍼포먼스를 하거나 리추얼을 치르는
세리머니(Ceremony) 같은 것.
어떤 작가는 같은 집에서의 이동인데도
다른 방(執筆室)으로 갈 때 꼭 정장을 갖춰 입는 등
몸을 단정히 한 다음,
마치 출근하는 것처럼 문지방을 넘는다고 한다.
그 행위는, 그걸 의식(儀式)을 치르듯 신성하고(Holy)
경건하게 여겨 그러는 것이라고 본다.
거기에 자기 직업에 대한 프라이드가 묻어난 것이다.

나도 지금 읽고 있는 책에 하루에 꼭
세 번씩 절을 한다. 큰 소리로 "고맙습니다." 하면서.
몰래 하지만, 누가 본다면 미친놈이라고 할 것이다.
약간 종교의식처럼 소원을 빌거나 감사를 전하는 것이다.
그리고 A4 용지 한 장에 '이달의 책'이라고 그 책의
표지 사진 밑에 본문 내용이나 그 책에서 인상 깊은 것을
적어 직장 사물함 거울 밑에 붙인다.
이를 닦거나 옷을 갈아입으려고 사물함을 열 때 항상
한 번씩 보고 읽는다.
원래도 그러려고 붙인 것이다.
이제 이게 습관으로 굳어 안 하면 뭔가 빠진 것 같다.

하여간, 어쩌면 사람 인생 전체는 습관으로 이뤄졌다고

해도 과언이 아니다. 자기 꿈을 이루려면 그걸
습관으로 붙이면 보다 어렵지 않게 이룰 거라고 본다.
습관이 붙었다는 건 그게 자기에게 딱 맞는다는
얘기이고, 그렇게 쭉 하다 보면 자기 꿈에도
한층 더 가까이 다가갈 것이라고 본다.

습 관	• 습관이 붙었다는 건 그게 자신과 진정 맞는다는 말이다.
	• 습관을 거행하기 전의 리추얼은 자신과 자기가 하는 걸 스스로 존중한다는, 신성한 의전(儀典)에 해당한다고 볼 수 있다.
	• 습관을 자기 인생에 넣는다는 건 자기가 꿈꾸는 이상에 점점 다가가는 말과 같다고 할 수 있다.

사생활은 나만 알면 된다

누구나가 다 변태처럼 자기만 하는 게 있는데,
이런 것을 이해도 못 하는 사회인에게 떠벌릴 필요는 없다.
그냥 자기가 잘사는 데에, 활용만 잘하면 되는 것이다.

다 다양하고 개인차가 있기 때문이다.
사회인에게 알리면 시끄럽기만 하고 전혀 내 삶에
도움이 안 된다.
그냥 떠들기 좋아하는-심심풀이 땅콩으로-할 일 없는,
심심한 인간들의 입방아나 술안줏거리로만
쓰일 것이기 때문이다.

세종대왕이 안 알리고 한글을 창제한 것하고 비슷하다.
정직하라고 하는데 그건 그게 필요한 분야만
필요한 것이다.

그리고 이론과 이상은 현실과는 너무나 거리가 멀기 때문이다.
그냥 모르는 게 약인 경우가 세상엔 너무나 많다.

인 연

불교에서는 인(因)은 인연(因緣)을 만드는 직접적인
원인이라고 하고, 연(緣)은 간접적인 원인이라고 한다.

이게 정확한 뜻인지는 모르겠으나
여하튼 난 다음처럼 해석하고 싶다.
인은 인간 세상에서 어쩔 수 없이 만나는 것이다.
내가 하필 한국에, 2025년에 지금 존재하는 것과
이런 자식들이 나와 천륜(天倫)으로 이어진 것이나
타고난 성정(性情)처럼 내게 우연히 배태(胚胎)된 것들이다.
자기 힘으로는 어쩔 수 없게 내게 주어진 것이다.

그러나 연은 그래도 자기 의지가 조금은 개입될 수
있는 것 같기도 하다.
전엔 내가 나를 몰라 아무나 만나 내 페이스대로
살지 못해 그러는 중에 힘만 들고 성격도 버려가며
좋은 시간을 보내지도 못했다.
물론 성과도 만족스럽지 못했다.
그런 시행착오(試行錯誤) 끝에 나는 이제 어느 정도 나를
알아서 나 스스로 연(緣)을 만들어가고 있는 것 같다.

인으로 인해, 인간으로(개돼지가 아닌 인간으로 태어난 것
자체도) 할 수 없이 불가항력으로 주어진 것
(이게 좋을 수도 있고 나쁠 수도 있지만)을 감수하며 잘
다스리고 하여간 그중에서 좋은 것을 뽑아내 활용하려고
노력해야 하고, 연으로 인해, 이제 나를 앎으로 아무나
안 만나고 나와 맞고 내게 뭔가 힘이 되는 사람을
만나고, 그리고 내 기질에 맞는 것에 몰입하며 살아야
그나마 잘살아갈 것 같다.

요컨대, 인으로 주어진 것을 감지덕지하며 고맙게 여기고
내 의지가 조금이라도 작용하는 연에선 내게 맞는
사람(없으면 사람이 아닌 책이라도)이나 자기가 진정
즐기면서 빠질 수 있는 것에서
행복한 삶을 꾸려나가야 할 것만 같다.

인 연	• 인은 직접적인 것, 연은 간접적인 결과.
	• 인에서 장점을 찾아내 잘 다스리고.
	• 타고난 기질같이 인(因)으로 주어진 것이라도 그걸 알아내 삶에 녹여내는 것도, 의지가 들어간 연(緣)이라 볼 수 있다.
	• 자기 의지가 반영될 수 있는 연으로 진정 거기에 빠져 행복한 삶을 향유(享有)해 보자.

인간 사회는 완벽하지 않아

인간 사회는 완벽하지 않다.
늘 뭔가 부족하다.
드라마에서 법이 불완전하다고 사적(私的)으로
복수하는 게 많은데, 그렇더라도 그것으로 남을
단죄해선 안 된다.
악법도 법이다.

지금 있는 것 중 최선인 것으로 다스리는 수밖에 없다.
많은 사람이 동의한 법을 고쳐나가면서 그것으로
다스려야 한다.
허점이 있더라도 일단 그렇게 하기로 했으면
우선은 지켜야 한다.
안 그러면 세상이 혼란에 빠진다.

교육도 마찬가지다.
불완전하지만 수능(修能)도 고쳐가면서 그것으로 평가하는
수밖에 없다.
평가 방법을 계속 그쳐나가는 수밖에 없다.

그러나 그 방법으로 점수를 좋게 얻었다고 해서
자기가 우수한 인간이라고 남을 깔봐선 안 된다.
그 인간은 그것으로만 좀 나은 것밖에 다른 건
없기 때문이고, 달리 다른 방법이 없기에 할 수 없이
그 방법으로 평가한 것에 지나지 않기 때문이다.

여 행

여행에 대해 정의를 내리면 그게 지금의 내 생각일 것이다.
내가 더 많이 알면 또 다른 정의를 내릴 수 있다.
지금 여행(旅行)이라는 정의를 내리는 것은 나는 지금
그만큼만 알고 있다는 말이다.
지금 이게 내 한계이고, 할 수 없는 일이다.
내가 나중에 더 알면 또 다른 여행에 대한 정의(定義)를
내릴 수 있을 것이다.
아는 만큼만 보이고 표현할 수 있다.
지금은 이것만 알아 이것만 말할 수밖에 없다.

우선, 나는 여행은 돌아오는 것을 전제로
자신의 터전을 떠나는 것으로 정의하고 싶다.
돌아올 곳 없이 떠나는 것은 여행이 아니라
이주(移住)라고 생각한다.
귀환, 귀향이 없는 것이다.
자기 터전이 그리우면-그곳이 애착이 가면-
더 멀리 떠날 수 있다.
에베레스트산을 정복할 때 베이스캠프가 든든하면
더 높이 오를 수 있는 것하고 같다 할 수 있다.

아이는 엄마가 지켜보고 있으면 더 멀리 오늘은
미지의 곳으로 기어갈 수 있다.
돌아보아 엄마가 여전히 지켜보고 있으면 안심하고
더 멀리 간다. 엄마가 안 보이면 그 자리에서
주저앉아 울기만 하고 더는 전진하지 못한다.
실제 돌아갈 수는 없어도 "언젠가는 가야지." 하는 것이다.
이민(移民)을 갔어도 늘 고향이 그리운 것이다.
향수병에 걸려 노스탤지어(Nostalgia)를 놓지 못한다.
고복수의 '타향살이'를 들으며 타향에서의
설움과 시름을 달랜다.

여행은 미지(未知)를 개척하는 것이라고 생각한다.
전에 갔더니 좋아서 다시 한번 방문하는 곳이라도 이번엔
전엔 안 간, 다른 곳을 돌아보고 싶어 한다.
그곳은 안 간 곳이라 호기심이 발동한다.
여행은 자신이 모르는 곳이 궁금해 방문하는 것이라고
생각한다.
매일 보는 곳은 지루하고 단조롭고 재미가 없다.
다람쥐 쳇바퀴 돌리는 삶이다.
그러나 미지의 곳은 기꺼이 나를 유혹한다.
이건 인생과 같다고 생각한다.
내 미래가 궁금해 지금을 사는 것하고 같다고 본다.
뭔가 설레고 긴장되고 가슴 뛰는 곳이기에 위험과

두려움을 무릅쓰고 가는 것이다.

가슴이 뛰어 몸소 겪어보고 싶다.

인생길도 안 살아본 미래가 알 수 없어 나를

두근거리게 해 살아가는 것과 여행은,

그런 점에서 비슷하다고 할 수 있다.

사는 것 자체가 여행이랄 수 있다.

인생 여정(旅程)이다.

내 삶은 나라는 존재가 지구에 잠시 여행 온 것일 수도 있다.

그걸 마치면 우주의 내 본래 심연(深淵)으로 돌아갈지도 모른다.

동시에 어떤 목적을 항상 갖고 살아가는 것이 아니듯이

발길 닿는 데로 그냥 갈 수도 있는 것이다.

내 이성보단 몸이 나를 이끌어 갈 수 있는 것이다.

역마살(驛馬煞)이 끼어 떠돌기도 하는 것이다.

정주(定住)는 내 체질에 안 맞는다.

아니, 자신이 그런 걸 지니고 있는지도 모르는 것이다.

안주하면 나는 시름시름 앓기만 한다.

어떤 이성적 판단보단 구름에 달 가듯이 가는 나그네처럼

그저 앞으로, 발길이 향하는 곳으로 내 몸을 맡겨

그저 이동시키는 것이다.

이러면서 삶의 아이러니(Irony)와 체념과 팔자, 내 운명을

어느 정도 감지하고 그것에 기대갈 수도 있는 것이다.

인생의 굴곡을 겪으며 여행에서 삶의 진실에

다가갈 수 있는 것이다.

아, 나그네가 여행으로 그걸 깨달으면 좋으련만.

여행은 일상에서 벗어나 일탈(逸脫)을 꿈꾸는 것이다.

여기서 벗어나 온전히 나와 마주하기 위해 갈 수도 있다.

지금의 어지러움을 외면하고 그냥 혼자 덩그러니

이 세계에 나를 단독으로 놓아보고 싶은 것이다.

나는 이 세계와 이 우주와 상대한다.

세상엔 나와 우주밖에 없다.

나는 세상과 동격이다.

천상천하유아독존(天上天下唯我獨尊).

안 그러면 왜 사는지 모르는 것이다.

현실과 주변에 휩쓸려 나는 내가 아니라 그냥 사는

세상의 일원으로 굴러가는 것 같다.

나는 어디에도 없다.

그럼, 너무 덧없고 허무하다.

그냥 인간 사회를 굴리는 톱니바퀴에 지나지 않는다.

나는, 그 누구와도 언제든 대체가 가능하다.

나라는 존재가 희미하다.

그래 나를 온전히 찾기 위해 여행을 간다고 생각한다.

나와 지금 엮인 것에서 해방되어 오로지 나만 있는

그런 곳으로 도망치고 싶은 것이다.

나와 관계된 모든 걸 털어버리고.

그리고 실제 세상의 구석, 오지(奧地)로 떠나면

나를 아는 이 없고 연결이 단절되어 관계되는 것 전혀 없는

오로지 나와만 마주한다.

이렇게 온전히 자기 자신을 찾기 위해,

단독자인 실존(實存)으로, 자아를 찾기 위해

여행은 필요하다고 생각한다.

나를 찾고 나를 알기 위해, 외부로의 탈출이

여행의 한 정의라고 본다.

여 행	• 지금 기반이 튼튼해야 더 멀리 떠날 수 있다. 외지를 떠돌면서도 나는 본래 터전으로 갈 생각을 놓지 않는다.
	• 미지의 호기심 때문에 떠난다고 본다. 그런 와중에 돌아가는 세상에서 내 운명을 감지할 수도 있다.
	• 나를 지금 얽매고 있는 것에서 벗어나 오로지 홀로인 나를 마주하기 위해, 그래 나를 찾아 알기 위해 여행을 떠난다고 본다.

내 생각과 글의 종착역은?

기차는 종착역이 있다.

나도 과연 종착역이 있을까? 내 생각과 그걸 담은 글에서.

아마 없을 것 같다. 글을 읽고 쓰면서 그냥 그 상태대로

삶이 스러질 것만 같다. 지금은 그런 생각이 든다.

그러면서도 늘 다루는 게 있다.

아마 세 가지 정도일 것이다.

나는 글의 소재를 찾고 주제를 다루기 위해 나와 좀

떨어져서 사는 사람들에게 그걸 물으러 다니고

그것에 대해 올해는 써왔다.

그래 주제가 한 방향을 향해 가는 것은 아니지만

그래도 올해는 다루는 게 정해져 있고 아마도

이 화두(話頭)들을 염두에 두면서

내 생각과 글도 앞으로 계속 나아갈 것만 같다.

남에게 쓸 주제를 물어 쓰는데도, 별로 그 주제와는

상관없는 것 같아도 나는 결국 이걸 향해

가는 것 같은 느낌이 늘 들었다.
물론 그게 내 머리를 항상 지배하기 때문일 것이다.
그건 역시 내 평생 화두인 자기가 가진 것을 이 세상에서
실현하는 문제다.
나는 나름 이게 살며 가장 중요하다고 본 것이다.
아마 타고난 내 기질이 그래서 그런 면도 분명 있을 것이다.
그렇지만 어쩔 수 없이 주어진 것을 실현하는 방향으로
가야만 자기가 태어난 몫을 어느 정도 하면서 자신도
그 속에서 즐겁다고 나는 보는 것이다.
실은 또 자기에게 아닌 것을 하며 살만큼 인생은 그렇게
길지도 않다고 본 것이다.
황석영 작가도 어느 인터넷 방송에 나와서
자신이 자기 삶에서 문학을 하지 않았다면
그저 시정잡배(市井雜輩)에 지나지 않았을 거라는 말을
한 것만 봐도 알 수 있다.

그리고 또 현실과 이상(理想)을 어떻게 조화를 이루며
살아야 하는가 하는, 내 내면의 화두를 항상 올해뿐 아니라
과거에도 그랬고 앞으로도 당분간은 생각을 놓지 않고
그걸 글로 계속 옮길 것 같다.
인간이 현실을 살면서 이상만 보면, 숲만 보는 것인데
그러면 현실이 궁핍해진다.
현실이 분명 나를 괴롭힐 것이다.

인간은 그 타고난 운명이 현실을 외면하면 잘살지 못한다.
인간의 굴레 같다.
그러면서도 동시에 너무 현실이라는 나무만 보면
왜 사는지 중간에 허무에 빠질 수도 있다.
이런 것 또한 인간의 운명 같다.
인간은 삶을 살면서도 의미를 생각하면서 산다.
어느 날 갑자기 "내가 지금 뭐 하는 거지?"하고
돌아보게 되어 있다.
그게 조화를 이뤄야 한다고 보고―이상과 현실이 조화를
이루면 서로 결국 돕게 된다고 보고―나는 예술적 기질을
배태(胚胎)하여 현실에 40을 주고, 이상에 60을 주는 것 같다.
그래야 마음이 편하고 제대로 사는 것 같기 때문이다.
어쩔 수가 없다.

나는 은연중에, 세상을 향해 이런 걸 외치는 것 같다.
사람들의 개성(個性)을 존중하라고.
획일화에 빠지면 독재자만 좋다고.
그걸 부추기는 자는 독재자다.
사람들이 주체적으로 살지 않고
자기 말을 고분고분 듣기만 하고
그저 추종만 하기 때문이다.
사람들의 타고난 다양성을 키우는 사회를 만들라는 것이고,
그걸 정치하는 사람을 지지한다고 나는 선언하는 것이다.

그래야 사회가 다채로워지고 개인 각자가
이 험난한 세상에서 자기 개성을 맘껏 살리는 삶을 살아
행복할 거라고 보기 때문이다.

알고 보면 결국 개인의 타고난 것을 개인이나 사회,
국가나 모두 존중하라는 말을 나는 지금 하고 있는 것 같다.
과거에도 지금도 앞으로도 내 이 주장은
계속 살아 숨 쉴 것 같다.
나는 그게 인간 각자의 삶에서 가장 중요하다고 보기 때문이다.
그건 또 결국 현실을 계속 살아가기 위한 것이고
이왕 사는 거 현실을 잘살기 위한 몸부림이라고
말하지 않을 수 없을 것 같다.
내 생각은 늘 현실을 염두에 둘 수밖에 없다.
이상에 60을 두면서도, 현실에 한 발을 디디고 서서
절대 포기하지 않는다는 의미다.

나는 내 글에서 내가 무슨 말을 하는지 명료하게 하고(내가
나를 먼저 설득시키고) 남에게도 내 주장을
담은-별로 읽는 사람은 없겠지만-글을 표로
단순하게 만들어 읽는 사람에게 쉽게 와닿게 하려는
내부 강박이 있는 것 같다.
나는 깔끔하고 단순한 걸 항상 겨냥하기 때문이다.
그게 나와 타인에게 나름 도움이 된다고 생각하기 때문이다.

결국 내 생각과 글의 요지는?	• 타고난 자기를 현실에서 실현하자.
	• 이상과 현실의 조화 있는 삶을 통해 둘 다 시너지를 내고, 아마 나는 그나마 작가를 추구해 40대 60으로 현실과 이상을 대하는 것 같다.
	• 세상을 향해 외치는 건, 사회는 각 개인의 개성과 다양성을 존중해야 하고 나는 그걸 지지하며, 그래야만 사회나 개인이 활기 있을 거라고 보기 때문이다.